徳間文庫

千年鬼

西條奈加

徳間書店

CONTENTS

ILLUSTRATION
小林 系

design：AFTERGLOW

三粒の豆

鬼の芽は、鬼ではなく人に宿る
怨《うら》み辛《つら》みを糧《かて》として
ときにゆっくりと　ときにひと息に　身内にそだつ
やがてその実がはじければ　額に二本の角をもつ　人鬼《ひとおに》となる
げに恐ろしきは　鬼ではなく　この人鬼なり

＊＊＊

洗ったばかりの一升徳利《とくり》が、両手の中でつるりとすべった。
地面に落ちた瀬戸物が派手な音をたてると、たちまち番頭が血相を変えてとんできた。

「幸介《こうすけ》！　いったい何本割りゃあ気が済むんだい！」

「すんません、すんません。手がかじかんで、うまくつかめなくて……」

「言い訳なんて、ききたかないよ。猫の手も借りたいほど忙しいってのに、面倒ばかり増やしてくれて。おまえみたいのを、給金泥棒というんだよ！」

頬がかっと火照《ほて》ったが、幸介は唇をかみしめて頭をさげた。

「お客さまの足にでも刺さったら大変だ。かけらはさっさと始末しとくれ」

せかせかと戻りしな、番頭はくるりとふり向いた。

「駄目にした徳利は、給金からさっ引くからな」

師走《しわす》の声をきくと、小売酒屋の末広屋《すえひろや》はそれまでの何倍も慌《あわ》ただしくなった。一升徳利での小売に加え、正月用の菰樽《こもだる》や角樽《つのだる》の注文が引きも切らず、手代も小僧も走りまわっている。おかげで掃除や水汲みなぞの下働きの量もぐんと増えたが、幸介がなにより辛いのは徳利洗いだった。

徳利を洗うために、小売酒屋の店先には必ずたらいが置いてある。午《ひる》過ぎからずっと、幸介はここにしゃがんで徳利を洗いつづけていた。汚れ徳利は次々と運ばれてくるから、洗っても洗っても数がへらない。水につかった両手はすでに、冷たいとも感じなくなっていたが、北風にさらされると、まるでかまいたちのように皮が裂ける。

痛いのをこらえて箒《ほうき》を握り、割れた徳利をはき集めたところで、

「のろまの幸介、まだかけらが残ってんぞ」

小僧のひとりが、集めたかけらを足で蹴散《けち》らした。幸介がにらみつけると、

「なんだよ、その目は。ろくに仕事もしちゃいねえってのに、給金なんぞもらいやがって。泥棒、泥棒、給金泥棒」

別の小僧がはやしたてた。笑いながら店裏へと走り去るふたりに向かい、思わず箒をふり上げると、重みでよろりとからだが傾《かし》いで、へたりと地面に尻をついた。

「腹ぁ、へったなぁ」

思えば昨日から、何も食べていない。腹の虫さえ鳴りをひそめており、立ち上がることさえしんどいほどに、足腰に力が入らない。

「幸やん、腹へったの？」

耳許で声がして、香ばしいにおいが鼻をついた。ふり向くと、末広屋の四つになる娘、糸《いと》が、炒《い》り豆の袋を手にして立っていた。

「昼餉《ひるげ》、ちゃんと食べなかったの？」

お糸に恥ずかしそうな笑みを向け、幸介はよっこいしょと尻を上げた。

「忙しくて、食う暇がなかったんです」

「そうお。じゃあ、晩にはいっぱい食べてね。今日は寒いから湯豆腐にするって、姉やが言ってたよ」

「おれは通いだから、朝と晩はここではいただかねえんです。家に帰って、父ちゃんと食います」

「幸やん家《ち》は、今晩はなあに？」

「うちも今夜は、湯豆腐にしようかな」

気づけば、嘘をならべていた。豆腐どころか一粒の米さえ、家には残っていなかった。

他の小僧たちと同じように、本当なら奉公にあがるべきところを、年がまだ十歳に満たず、寝たきりの父親を抱えてもいるから、長屋の大家の口ききで通い奉公にしてもらった。

年に二度の藪《やぶ》入りを、指折り数えて待っている小僧たちからみれば、それが憎くてならないのだろう。小僧のうちは小遣い銭がせいぜいだから、雀の涙ほどであっても給金を受けているとあれば余計に癪《しゃく》にさわる。昼餉の席に幸介がつこうものなら、汁《しる》椀《わん》を倒したり目刺しの尻尾だけがのっていたりと、何のかのと意地悪をされる。

まともな飯が食えるならと、幸介も我慢に我慢を重ねてきたが、女中や手代も見て見ぬふりで、番頭もまわりに乗じて小言をふらせる始末だから、みなの仕打ちはさらに露骨になった。

ついに幸介はあきらめて、昼餉の時分にも台所に足を向けなくなっていた。

末広屋で幸介に笑いかけてくれるのは、末娘のお糸だけだ。

「幸やんも糸も湯豆腐だ。幸やんも糸も一緒だねえ」

嬉しそうに、お糸が笑う。

お糸が豆を口に入れ、ぽりぽりと嚙《か》んだ。香ばしいにおいに鼻をくすぐられ、とっくに静まりかえっていたはずの腹が、ぐうう、と大きな音をたてた。きょとん、とお糸がこちらを見詰める。まっ赤になって幸介は、慌ててたらいの水をじゃぶじゃぶさせた。

「幸やん、あい」

ふっくらした紅葉のような手の上に、塩をまぶした炒り豆が三粒のっている。

「……お嬢さん……」

「幸やんにあげる、あい」

断るつもりでいたものが、幸介の喉《のど》がごっくりと鳴った。急いで前掛けで手を拭《ぬぐ》う。

「お嬢さん、お糸お嬢さん」

「あ、姉やだ」

子守の姉やの声に、お糸は豆を幸介の手に落とすと、ぱたぱたと駆けていった。小さな後ろ姿を見送って、幸介はぺこりと頭をさげた。

仕事が終わるまで我慢しようか――。そうも考えたが、あかぎれだらけの手にのった豆を見ているだけで生唾《なまつば》がとまらない。ちらりと店内を覗《のぞ》いたが、番頭も手代も客の相手に忙しく、こちらはまるで目に入らぬようだ。

幸介は大事そうに、ひと粒の豆をつまみあげた。

口にもってゆこうとして、ふいにぎょっとなった。

いつのまにやらたらいの向こう側に、三人の子供がしゃがみ込んでいる。幸介より小さいが、お糸よりは大きい。六つ、七つくらいの、汚い形《なり》をした三人の男の子だ。

初めて見る顔だが、三人とも妙ちくりんな面相をしている。

どの子も額が広く前に突き出しており、いわゆるおでこだが、向かって右の子は耳が鼠《ねずみ》のように広く、真ん中の子は目ばかりぎょろりとしており、左の子は口がひどく大きい。どうにもちぐはぐで、奇妙な顔立ちだった。

その三人がたらいの向こう、ちょうど幸介のまん前に陣取って、そろって指をくわえている。幸介の手のひらを、穴のあくほど見詰めている。

幸介は困った。

豆を隠すようにくるりと後ろを向いたが、今度は背中に穴があいてしまいそうだ。

このまま三粒とも口に放り込んでしまおうか――。

そんなことを考えながら、首だけまわしてそっと窺《うかが》うと、やっぱり指をくわえたまんまの三人は、哀れなほどに痩《や》せこけている。あのようすでは、昨日からどころではなく、三、四日は何も食べていないのかもしれない。

豆が三つ、子供が三人。

幸介はため息をついて、あきらめた。

「あげるよ。食っていいよ」

手の上の豆を、たらいの上にさし出した。

三人が一斉に、幸介の顔をじっと見た。

「くれる？」

「くれるの？」

「くれるのか？」

こくりとうなずくと、瞬きするより早く、三粒の豆は幸介の手から消え、子供の腹に納まっていた。

「うめ」

「うめえな」

右から左に順よく言って、満足そうににこにこした。ながめていると、なんだかとてもいいことをしたような気になって、幸介も一緒ににこにこした。

「おれ、幸介ってんだ」

「わしらは、過去見《かこみ》だ」

「かこみ？」

「過去世《かこぜ》を見るから、過去見だ」

「わしらは、過去見の鬼じゃ」

三人はやっぱり、右から左に順よく口をひらく。

「鬼だって？　だったら、角はどこにあるんだ？」

ほらふきな子供か、あるいは頭が弱いのだろうか。幸介はそんな心配をしはじめたが、

「角ならあるぞ、ほれ」

子供らはいっせいに頭を下げた。頭の天辺《てっぺん》の髪を、小さな両手でかきわけてみせる。

「……それが……角か？」

くしゃくしゃにもつれた髪のあいだ、三人とも同じ場所に、たしかに白い突起が覗いている。しかし角というより、まるで生えたばかりの歯のようだ。

「前に絵草紙で見た鬼は、額に二本の長い角があったぞ」

「それは鬼じゃねえ、人鬼だ」

「人が鬼になった姿だ」

「額の長い角は、人鬼の印だ」

人に角なんぞ、生えるものか。幸介は文句のかわりに、口を尖《とが》らせた。

この連中、やっぱりどこかおかしいようだ。関わらない方がいいかもしれない。

一方の子供らは、幸介の胸中には気づかぬようで、きゃらきゃらとはしゃぎだした。

「豆、うまかった」

「うまかった、幸介に礼する」

「幸介に、過去世見せる」

「それっぽっちの豆で、礼には及ばねえよ」

苦笑混じりに、見栄《みえ》を張った。

「幸介は、見たい過去世はねえのか？」

耳のでかい子供にたずねられ、ぽん、とやさしい笑顔が浮かんだ。

「……死んだ母ちゃんに、会いてえ」

「なら、幸介の死んだ母ちゃんを見せてやる」

目のでかい子供が胸を張り、思わず幸介は身を乗り出した。

「本当に、母ちゃんに会わしてくれるのか？」

「会うことはできね。見るだけだ」

口のでかい子供が通せんぼのように腕をくみ、幸介は少しがっかりした。

「見るだけか……ひょっとして、三途の川にでも連れてってくれるのか？　お彼岸にいる母ちゃんを、こっちの岸からながめるってことか？」

「違う、違う、三途の川なぞどこにもね」

「わしらは過去見じゃ。幸介の母ちゃんの、過ぎた昔の姿を見せるんじゃ」

「幸介は、いつの母ちゃんが見たい？」

なにかが破裂して、幸介の胸の中は、母親の思い出で一杯になった。幸介の手を引いて、縁日に出掛けたときの笑顔。熱を出した幸介を、枕許《まくらもと》で励ましてくれたやさしい声。嘘をついてぶたれたときの、悲しみに満ちた瞳。

「……いっぱいありすぎて、わかんねえや」

鼻の奥が酸っぱくなって、目の前がぼやけた。涙がこぼれる前に、幸介は袖でごしごしと拭った。

「ひとつ決めろ。わしらがとべるのは一度きりだ」

幸介のようすには頓着《とんちゃく》せずに、耳でかが注文した。

「とぶって、過去世にとぶのか？」

「ちげ、あそこへとぶんだ」

目でかが、まっすぐ空を指差した。

日はすでに暮れかかり、闇が天を覆いはじめていた。

「おめえたちは、天狗みてえに空をとべるのか？　けど空に浮かんだって、死んだ母ちゃんが見えるわけねえじゃねえか」

やっぱりいい加減なたわ言だったのか。知らぬまに口車に乗せられて、すっかりその気になっていたものだから、幸介はひどく腹が立った。

まるで幸介の心を読んだように、口でかが大きな口をひらいた。

「わしらを信じろ、幸介。ほら、あの星を見ろ」

「星？」

幸介は、口でかの指の先に目をやった。粉をまぶしたようにたくさんの星が群がっ

ていて、どれを差しているのかわからなかったが、

「あっ！」

「見えたか？　見えたか、幸介」

「いま、星がひとつ消えた」

「そうじゃ、あの星は死んじまったんだ」

「……星も死ぬのか？　人みてえに、お星さまも死んじまうのか？」

「星も人も一緒だ。みんないつかは死んじまう。だがな、あの星は、いま死んだわけじゃねんだ。何万年も前に死んだんだ」

「だって、たったいま、おいらの見てる間に消えちまったじゃねえか」

「ちげ、何万年も前に消えた星が、ここからはいま消えたように見えただけだ」

さっぱり要領をえず、幸介が首をひねると、口でかは、いいか、よくきけ、と身を乗り出した。目でかと耳でかは、おとなしく口をつぐんでいる。

「星が見えるのは、あの星の光が、ここまで走ってくるからだ」

「光？　光ってお日さまの光か？」

「幸介が毎日見てるお日さまとは違うけど、まあ、そんなもんだ」

お日さまが、ふたつもみっつもあるわけがない。幸介の眉間《みけん》に、皺《しわ》が寄った。

「とにかくな、光も人や馬みてえに走るんだ。馬よりもずっとずっと速えけどな。その光が懸命に駆けて、それでも何万年もかかるほどあの星は遠いってことだ」

ふうん、と幸介はまた空を仰いだ。

「だからな、幸介、逆にあの星のあたりからここを見れば、やっぱり何万年も昔の姿が映るんだ。うんと遠くにひと息でとべば、いくらでも過去世が見れるんだ。わしらは、いくらでも遠くへとべる。幸介の母ちゃんを見るなら、ほんの幾年《いくとせ》分でいいんだろ？　わしらには朝飯前だ。幸介、わかったか？」

「……わかんね……けど」

口でかが長い話を語るあいだ、幸介は別のことを考えていた。

「本当に、過去世が見れるんだな？」

三人がそろってうなずいた。

「おれが遠くへとんで」と、耳でかが言い、

「おれが過去世、見せる」と、目でかが続いた。

「おまえは？」

「おれは、なにもしね」

たずねた幸介に、口でかはすましてこたえた。

「いつがいい、幸介？　ひと年《とせ》前か？」

「ふた年前か？」

「み年前か？」

じっと思案してから幸介は、挑むように顔を上げた。

「半年前だ。母ちゃんが死んじまった、その日のことを見せてくれ」

「母ちゃんの死んじまうとこが見てえのか？」

幸介は、首を横にふった。

「そうじゃね。母ちゃんは半年前、暴れ馬のせいで死んだんだ。暴れ馬が大八車の積荷をくずして、その下敷きになったんだ。一緒にいた父ちゃんも大怪我をして、足と右腕が利かなくなった。母ちゃんが死んで、看板書きの商売もできなくなって、父ちゃんは人が変わっちまった」

父親が様変わりしたのは、幸介が末広屋で働くようになってからだ。暮らしの立ち行かぬさまを見兼ねた大家さんが、幸介に通い奉公を世話してくれてからだ。

「末広屋の旦那《だんな》は、あたしの従弟《いとこ》でね。小僧をひとり増やしたいと言っていたから、おまえを勧めてみたんだ」

おかげで幸介は月に二度、わずかながらの給金をもらえるようになった。

初めて銭を手にした日、幸介は貧乏徳利をたずさえて家に戻った。末広屋のあつかう上等な酒は手が出ないが、代わりに近所の酒屋で安酒を贖《あがな》った。寝たきりの父親を、喜ばせたい一心だった。

ちびりちびりと酒を舐《な》めながら父親は、

「おれは一生、こうしておめえのお荷物になるのかな」

と呟《つぶや》いて、耐えきれぬように茶碗を仰いだ。

父親が酒に頼るようになったのは、それからだった。酒量は日を追うごとに増え、やがて酒が切れると泣いたり喚《わめ》いたりするようになった。

「酒すらも呑めねえんじゃ、生きていても仕方がねえ。幸介、いますぐおれを殺してくれ」

そんな愚痴《ぐち》をくり返し、さめざめと泣く父親の姿を見るのは、何よりも耐えがたかった。幸介は己《おのれ》の飯を削ってでも、ひたすら父親に酒を運んだ。

「せめて右腕が治れば、看板書きの仕事ができるようになれば、父ちゃんも酒をやめてくれるかもしれねえ。大家さんが、いつか言ってたんだ。日本橋の薬種問屋に『おうはくこう』ってのがあってな」

「おうはくこう？」

「なんだ、それ？」

「うめえのか？」

「食いもんじゃねえ、怪我にとてもよく効く膏薬《こうやく》だ。でもそれは、とんでもなく高えんだ。おれは父ちゃんに、その薬を買ってやりてえ」

三人の子供は、話が見えぬというように、ぼんやりと幸介をながめている。

「母ちゃんを死なせて、父ちゃんに怪我させた暴れ馬は、どこやらのお侍の馬だときいた。そのお侍が誰かわかれば、おれはそいつに文句をつけにいく。父ちゃんの薬代を出してくれって、頼みにいくんだ」

ようやく納得したようすの三人が、一斉に口をひらいた。

「わかった、幸介」

「幸介に、見せてやる」

「暴れ馬の見えるとこまでとんでやる。行くぞ、幸介」

「行くって……店仕舞いの後じゃねえと、こいつを片付けちまわねえと無理だ」

たらいの傍らには、まだ汚れ徳利がたんとある。

「すぐだ、幸介」

「ちっと行って帰ってくる、それだけだ」

「厠《かわや》に行って、戻ってくる。そのくらいのわずかな間だ」

三人につられて立ち上がった幸介は、途方に暮れて空を仰いだ。どこへ行くのかわからぬが、とてつもなく遠いところには違いない。

その心配をよそに、三人が叫んだ。

「幸介、念じろ」

「過去世が見たいと念じろ」

「暴れ馬の出た、その日その時を見たいと念じろ」

幸介は、きゅっと目をつむった。

——母ちゃんと父ちゃんに災いをなした暴れ馬を、おれに見せてくれ。

強く念じた瞬間、きん、と耳鳴りがした。地面が大きく揺れたように感じて、

「わっ！」

叫びざま、尻餅をついていた。

「着いたぞ、幸介」

おそるおそる目をあけたが、何も見えない。いく度もまぶたをぱちぱちさせてみたが、幸介の前には、まっ黒い闇が広がっているだけだ。

「見ろ」

「見えるか？」

「見えるか、幸介？」

「なんにも……なんにも見えないよ。まるで穴蔵ん中みてえだ。まっ暗で、星も見えねえ。おめえらの顔さえわからねえ」

「ここじゃ」

「ここにいる」

「わしらはここじゃ、幸介」

声の方をふり向くと、三人はちゃんと幸介の傍らに立っていた。少しだけほっとしたが、上も下も右も左も一面の闇だから、立ち上がることがどうしてもできない。

「見ろ」

「あれだ」

「暴れ馬だ」

三人が一点を指差した。

「……なにも見えねえぞ。まっ黒けの闇ばかりだ」

「やれやれ、人ってのは面倒くせえな」

目のでかい子供がため息をつき、幸介の背中に立った。後ろから小さな手を伸ばし、己の指で筒をつくり、ちょうど眼鏡のような形にして、幸介の両目にあてた。

「あっ！」

目でかが拵《こしら》えた眼鏡の向こうに、土煙をあげて疾駆する馬の姿があった。つやつやとした栗毛の馬で、黒いたてがみがまっすぐ後ろになびいている。黒塗りの立派な鞍《くら》を載せているが、その上はからっぽだった。

往来の人々が慌てふためき道端へと寄り、まるで川が裂けたように、人の群れが縦に割れてゆく。ほどなくして馬の行く手を塞《ふさ》いだのは、樽をいっぱいにのせた大八車だった。とび越えようと馬の四肢が地を蹴ったが、荒縄でしばりつけた荷は馬が越えるには高すぎた。後ろ足を荷にひっかけて、馬のからだと大八車が大きくかたむく。

その傍らに、叫ぶように口をひらいた両親の姿が一瞬映り、幸介は思わず目をつぶっていた。早鐘《はやがね》のように、鼓動《こどう》が耳を打つ。

「見えた？」

「見えたか？」

「見えただろ？」

こっくりと唾をのみ、幸介はやっとの思いで口をあけた。

「あ、あれじゃ……あの馬が誰のもんか……わからねえ」

声が震えていた。

「……少し……あれよりもう少し、前が見れねえか？」

「とぶのは、一度きりだけど」

「ちっと前なら、とばなくても見れる」

「ここから少しずつ離れていけば、時を遡《さかのぼ》るみてえに見える」

と、不思議なことが起こった。

目でかが拵えてくれた眼鏡は、まだ幸介の前にある。その向こうで、倒れた馬が起き上がり、崩れた荷がまた元通りに積み上がってゆく。そして栗毛の馬は、いまきた道を尻から後退《あとずさ》りしだしたのである。

ふええ、とたまげながら目を凝《こ》らしていたが、

「なんだか、気持ちが悪くなってきた」

口をおさえた幸介に、

「もうちっと我慢しろ。ほれ、幸介、見ろ」

往来を右に左に尻から駆けていた馬の向こうに、数人の侍の姿が映った。

「止めて！」

幸介が叫ぶと、まるで置物にでもなったかのように、馬も人もぴたりと動きを止め

た。

馬の背後に、あわてふためいた顔で三人の侍が群がっている。その真ん中に、別の侍がひとり、倒れていた。

「あいつ」

「あいつだ」

「あいつが、乗り手だ」

「……うん、たぶん、そうだ……」

幸介にとっては、憎い敵のはずだった。なのにちっとも憎たらしくならない。倒れている侍は、白髪頭の小さな老人だった。腰に手をあてて、苦しそうに顔をゆがめている。

「あの人も、父ちゃんと同じに怪我をしたんだな……」

呟いて、目を離そうとしたときに、おや、と気がついた。

「犬が、宙を舞っている」

むっくりと肥えた大きな茶色い犬が、馬の頭上でひっくりかえっている。馬に蹴飛ばされたものか、そう考えて、幸介ははっとなった。

「もう少し、前を見せて」

不思議そうに首をかしげる子供らに、幸介は言った。

「馬の前足に、血がついてる……ひょっとしたら、馬が暴れたのはあのおじいさんのせいじゃなく、犬が嚙《か》みついたためかもしれねえ」

目の前の光景が、またするすると動き出し、あっ、と四人が一緒に叫んだ。幸介の言ったとおりだった。宙をとんでいた犬は、やがて馬の前足にがぶりと嚙みついた。

「あれじゃあ、馬もびっくりするはずだ」

「犬だ」

「犬のせいだ」

「あの犬が、あの犬の飼主が悪い」

「うん、そんとおりだ。あの犬は肥えてるし毛艶《けづや》もいい。きっと、誰かの飼犬だ」

「探す」

「飼主、探す」

「そいつが、いちばん悪い」

また情景が、少しずつ戻りはじめた。

馬の足からはなれた犬は、一目散に尻から往来を駆けてゆく。やがてその先に、ぽっかりと口をあけ、前に手をさし出している老婆が見えた。

「あいつ」

「あいつだ」

「あいつが悪い」

犬が老婆の足許に戻ったところで、また時は止まり、三人が口々に叫んだ。

幸介は小さな老婆をながめ、大きなため息をついた。落馬したお侍と同じに髪は真っ白で、腰はくっきりと曲がっている。身なりも貧しく、幸介の住む長屋なんぞにいそうな年寄だ。

「あのおばあさんじゃ、とても薬代なんぞ工面《くめん》できそうにないや……」

薬代どころか、ひょっとしたらお武家の馬を暴れさせた罪で、咎《とが》を受けたやもしれない。幸介は肩を落としてがっかりしたが、止まったままの絵に目をやって、あれ、と声が出た。

「犬の鼻先に、なにかいるぞ」

幸介が言ったとたん、ぐい、と目を近寄せたように、犬のまっ黒い鼻先が大写しになった。そこには一匹の、蜂がとまっていた。

「そうか、あの犬は蜂に刺されて、びっくりしちまったんだ」

子供らがまた、次々と口をひらいた。

だ。

「あの蜂の、飼主が……」

言いかけた口でかが、首をかしげた。蜂には飼主はいないだろうと、気づいたよう

「でも少なくともあの蜂は、誰かのものみたいだ」

蜂のからだには、白糸が結びつけられており、その先が長く垂れているのである。

幸介が頼むと、絵はまた動きだした。犬の鼻面を離れた蜂は、糸を後ろになびかせながら、一直線にどこかへ向かって戻ってゆく。

「妙なとび方だな……羽が動いてないように見える」

幸介が呟いたとおり、蜂はちょうど誰かに投げられでもしたように、往来から空地らしい草地へとゆるい弧を描いた。

そしてその向こうに見えたのは、見覚えのある三人の子供だった。

「あ」

「え?」

「う……」

三人はそれきり、ぽっかりと口をあけて黙り込んだ。

あまりのことに幸介も、目をぱちぱちさせた。

のぞき眼鏡の向こうにいるのは、紛れもなく過去見の鬼たちだった。

「……あの蜂は……おめえらのもんか？」

幸介がぎろりとにらみつけると、三人は下を向き、もじもじしだした。

「蜂を捕まえて」

「糸をゆわえて」

「その先を、枝に結んだ」

「それで？」

「蜂が枝の先でぶんぶんいって」

「面白くて、枝をとりあいっこしていたら」

「糸が切れて、蜂がどこかへとんでっちまった」

幸介は両の拳を握りしめた。腹の底からわきだした熱が、腹から喉に突き抜けて、頭の天辺《てっぺん》までがかっかと燃えた。

「わしら？」

「わしらか？」

「わしらが悪いのか？」
上目づかいになった三人が、こわごわたずねた。
「そうだっ、おめえらのせいだっ！」
三人が一斉に、ひゃっ、ととび上がり、その場に尻餅をついた。
と、まるで黒い天幕を引きはがしたように、四人はもとの末広屋の店前に戻ってい
た。
幸介はそれすら気づかず、三人に向かって吠《ほ》えた。
「おめえらのせいだ。おめえらが悪いんだ。母ちゃんが死んだのも、父ちゃんが怪我
したのも、おれが奉公に出されたのも、みんなみんなおめえらが悪いんだっ」
徳利が沈んだたらいの向こうがわにへたり込み、三人は泣きそうな顔で幸介を見て
いる。
「一日中冷たい水で徳利を洗わなきゃならねえのも、おいらの手があかぎれとしもや
けだらけなのも、昨日から何も食っていないのも、みいんなおめえらのせいじゃねえ
かっ」
「すまね」
「すまねえ」

「許してくれ、幸介」

「許してなんぞ、やるものかっ！」

日はすでに、とっぷりと暮れていた。提灯《ちょうちん》が灯りはじめた往来で、道往く人々がぎょっとして足を止める。

「どうしても許してほしいなら、母ちゃんを返せ。おめえらに不思議な力があるんなら、死んだ母ちゃんをここに連れてこい」

「それはできね」

「死んだ人は戻らね」

「わしらにできるのは、過去世を見せることだけだ」

「この役立たず！」

幸介の剣幕に、三人は、ぴゃっ、と身を震わせた。

「だったら父ちゃんの怪我を治せ。いますぐ昔どおりの父ちゃんに、ぴんしゃんとしたからだに戻してみせろっ」

「おいっ、幸介、おまえ、何を店先で騒いでいるんだ」

声をききつけて、店内から番頭や手代、小僧たちがわらわらと出てきたが、幸介の目には過去見の鬼たちしか映っていない。

「母ちゃんを戻せっ、父ちゃんを戻せっ」

三人は恐ろしげに幸介を見上げ、すまなそうにふるふると首をふる。

「おめえらなんか、おめえらなんか、大っ嫌いだ――っ！」

「幸介、やめないか、幸介。店先でそんな大声で……何をひとりで騒いでいるんだ」

番頭と手代が、両脇から押さえつけた。幸介は右手をふり向き、番頭をぎっとにらんだ。

「番頭さんも、嫌いだ」

「よしなさい、幸介」

「番頭さんも、手代の兄さんも、小僧連中も女中衆も、みんなみんな大っ嫌いだっ」

幸介はまるで頑是《がんぜ》ない駄々っ子のように、両腕をふりまわし地団駄を踏んだ。

「おれが何したってんだよ。よってたかって意地悪しやがって、そんなに憎まれるほど悪いことを、おれが何かしたのかよっ」

あわあわと番頭が慌てだし、傍らの手代は、さも具合の悪そうに身をすくませた。

末広屋の店先を囲む人垣は、すでに幾重にもなっている。

「父ちゃんだって、大嫌いだっ。酒ばかり食らいやがって、愚痴ばかりこぼしやがって、おれの給金をみいんな飲みしろにしちまいやがって、一日中働いてんのに、なんで握り飯ひとつ食えねえんだよ」

両脇を抱えられながら幸介は、暗い夜空に向かってひたすら吠えた。

「いちばん嫌いなのは、母ちゃんだっ。ひとりで死んじまいやがって、おいらと父ちゃんを置いて逝っちまいやがって……母ちゃんなんて、母ちゃんなんて……」

と、幸介のからだにふいに、小さく温かいものがしがみついた。

「お嬢さん、危ないから来ちゃあいけません」

番頭が遠ざけようとしても、お糸は懸命に幸介にとりすがる。丸い目が一杯に涙をためて、幸介を見上げていた。

「幸やん、どうしたの、幸やん」

「……お嬢さん……」

「幸やん、何が悲しいの？　どうして泣いてるの？」

言われてはじめて、己が泣いていることに気がついた。怒りが急にしぼみ、冷えびえとした悲しみだけが残った。

幸介は、声を放って泣きだした。

たらいの向こうから、三人の子供の姿は消えていた。それがいっそう悲しくて、幸介はいつまでも泣きつづけた。

＊

一番鶏《どり》の鳴き声で、幸介は目を覚ました。まぶたがはれぼったく、いくら目をひらいても半分ほどしかあかない。泣きながら眠ったのだと、ゆうべのことを思い出した。

隣では父親が眠っていたが、常のように酒くさい息はしていなかった。

末広屋の主人と番頭に連れられて家へ帰るまで、幸介の涙は止まらず、仰天する父親を尻目に、頭から布団をかぶって寝てしまったのだ。

ほどなく大家さんが訪れて、大人四人は何事かぼそぼそと話していたが、泣きつかれ、怒りつかれていた幸介は、あっというまに眠りに引きずり込まれた。

「末広屋は、お払い箱だろうな」

口にしてみたが、どうでもいいことのように思えた。悪い膿《うみ》でも出し尽くしたように、頭もからだもすっきりしていた。

幸介は顔でも洗おうと、手拭《てぬぐい》をもって表に出た。

「なんだ、これ？」

家の前に紙袋が置いてあった。袋をあけたとたん、すごいにおいが鼻を覆った。

「うえっ、なんてにおいだ」

中にある油紙包みに目をとめて、顔をしかめた幸介に、誰かが声をかけた。

「おはよう、幸介」

大家さんだった。幸介は、挨拶《あいさつ》もそこそこに袋を見せた。

「これは『黄白膏《おうはくこう》』じゃないか。いつか話したことがあったろう。怪我によく効くと評判の膏薬だ……おや、先に見たものより色が濃いな……ずいぶんと緑がかっているが」

と、油紙の中身をしげしげとながめ、

「だが、このにおいばかりは間違いようがない。紛れもなく、黄白膏だよ。いったい誰が、もってきてくれたんだい？」

「大家さんじゃ、ねえんですか？」

「あたしじゃないよ。こいつはとんでもなく値の張る薬だ、あたしにゃとても手が出ない……ひょっとすると、末広屋さんかもしれないね。ゆうべは騒ぎを起こしたそうだが……」

すんません、と幸介は下を向いた。

「おまえはまだ年端もゆかぬし、今度ばかりは大目に見てくれるそうだ」

「……おれ、まだ使ってもらえるんですか？」

「ああ、旦那の目の届かぬところで、いろいろ難儀もあったようだし、これきりおまえを辞めさせちまえば、末広屋としてもきこえが悪いからな。けれどこんなことは、一度きりにしておくれよ。ようくお詫《わ》びをして、気張って働くんだよ」

幸介は元気よく返事をすると、薬を手に奥へかけ込んだ。

翌日も、その次の日も、『黄白膏』は家の前に置かれていた。何故か二日目からは油紙ではなく、蕗《ふき》や笹の葉に包まれていたが、緑がかった色と強烈なにおいで、同じ薬だとすぐわかった。

幸介は毎朝父親の膏薬をとりかえて、それから末広屋へと出かけてゆく。仕事はかわらずきついものだったが、あれ以来ずいぶんと居心地はよくなった。小僧たちは意地悪をしなくなったし、昼餉には女中が飯をたんと盛ってくれ、お代わりさえ勧めてくれるようになった。

ただ不思議なことに、膏薬のことだけは、誰にきいても知らぬ存ぜぬだった。なんとか正体を見極めようと、いく度か寝ずの番をしたこともあったが、足音ひとつきこえぬのに、いつのまにか薬はちゃんと置かれている。十日ばかりが過ぎて、考えあぐねた幸介は、末広屋から出た給金で炒り豆をひと袋買った。

「ひょっとしたら、あいつらかもしれねえ」

炒り豆を三粒、小鳥や鼠に食われぬよう、素焼きの壺《つぼ》に入れて戸口の外に置いてみた。

翌朝も薬はちゃんと置いてあり、壺の蓋をあけて、幸介はにっこりした。中の豆は、なくなっていた。

その日から幸介は、毎晩かかさず、豆を入れた壺を戸口の前に置くようになった。翌朝には三粒の豆が消えて、かわりに薬が置かれている。それは一日も途切れることなく、三月余りが過ぎた。

ある日、幸介が店から戻ると、

「どうだい、幸介」

父親が手にした紙の上には、勢いのある見事な文字が躍っていた。

「すげえや、父ちゃん」

幸介は手をたたいた。膏薬のおかげで手も足も動くようになり、半月前から父親は、毎日紙に向かって看板書きを修練していた。

「明日から問屋に頼んで、また仕事をまわしてもらうことにしたよ」

あの日以来、父親は一滴も酒を口にしていない。幸介が騒ぎを起こしたことで、己のていたらくを恥じたのだろうが、酒断ちが今日まで続けられたのは、毎朝届く薬のおかげではないかと、幸介はそう思っていた。

「そいつは目出度い、何かお祝いをしなくちゃな」

この朗報を知らせると、大家さんは手放しで喜んで、ちょうどいただきものがある、と鰹《かつお》の大きな切り身をくれた。幸介は鰹の半分を晩の膳にのせ、父親とささやかな祝いをし、

「そうだ、あいつらにも知らせなくちゃ」

残りの半分は箱膳の中に入れ、豆の代わりに入口障子の前に置いた。

「あいつらにも、食ってもらわなけりゃな」

豆をあげたときのうまそうな顔を思い出し、幸介は頰をゆるませた。

翌朝のことだった。

外から物音がきこえ、幸介は目を覚ました。布団から這《は》い出して、急いで戸をあけると、長屋の木戸もかすんで見えるほどの朝霧が立ち込めていた。

そしてその霧の中に、三人の子供がひっくりかえっていた。

「過去見！　やっぱり、おめえらだったんだな」

喜び勇んで駆け寄ったが、どうもようすがおかしい。

「くせえ、くせえ」

「たまらん、たまらん」

「生ぐさじゃ、生ぐさじゃ」

蓋をあけた箱膳を前に、三人は鼻をおさえてころげまわっている。

「おめえたち、鰹は嫌いだったのか？」

三人は目に涙を浮かべて、こくこくと首をふる。

「すまねえ、おれはただ、おめえらに礼がしてえと思って……」

鰹の切り身が入ったままの箱膳をもち上げると、きゃあっ、と叫んで三人が逃げ出した。

「待って、待ってくれ！」

幸介はあわてて追ったが、三人は一目散に逃げてゆき、すぐに霧の中に見えなくなった。

「おめえらに、言いてえことがあるんだ。きいてほしいことが、あるんだよ」

幸介は長屋の木戸を抜け、白い海を泳ぐように懸命に両手で霧を払ったが、過去見

たちがどちらの方角に向かったかさえわからない。追うのをあきらめて幸介は、

「ありがとうな！」

霧に向かって力一杯叫んだ。

「おめえらがくれた薬のおかげで、父ちゃんの怪我がよくなった。前みたく看板書きもできるようになった。ずっと礼が言いたかったんだ」

大きく息を吸い、腹の底から声を出した。

「ありがとうな、かこみ、ありがとうなあっ」

一生懸命叫んでも、声は霧にすい込まれてしまう。

届かなかったのだろうか――。がっかりしてその場に立ちつくしていると、やがて放った声がこだまのように返ってきた。

「ありがとうな」

小さくきこえたその声は、こだまではなかった。

「ありがとうな、幸介」

「わしらを許してくれて」

「許してくれて、ありがとうな、幸介」

三つの声が折り重なって、鈴のように耳に届いた。

のぼった朝日に溶けるように、霧がゆっくりと晴れてきた。

鈴のような声はきこえていたが、過去見の鬼の姿はどこにもなかった。

「ありがとうなぁ！」

最後にもう一度幸介は叫び、そのときだった。

幸介の口から豆粒ほどの黒い塊《かたまり》がとびだした──。

＊＊＊

口から黒い塊が吐き出されたことに、幸介はちっとも気づかなかった。人の目には見えぬそれを、黒い大きな手が器用に受けた。

「子供だけあって、まだ小っさいな」

まるで歪《ゆが》んだ金平糖《こんぺいとう》のように、小さな棘《とげ》がまばらに突き出した黒い塊をながめているのは、まっ黒いからだの鬼だった。

銀色の目に高い鼻、灰色の短い髪の上に立派な角が一本あった。漆黒《しっこく》の闇夜のような黒光りした皮膚の下に、うすい筋をほどよくまとった若い鬼である。

黒鬼は手にしていた錫杖《しゃくじょう》の頭から、ぶらさがっていた飾り紐《ひも》をはずした。結び目をほどくと、硬くしなやかな紐を黒い金平糖に突きさした。

「これで十一……あと三つ、四つといったところか」

黒鬼が目の前にかざした飾り紐には、小さな金平糖を含めて十一の黒い塊がならんでいた。赤ん坊の拳くらいの大きな塊、勾玉《まがたま》のように曲がりくねったもの、矢尻のように鋭いものと、形も大きさもさまざまあった。

「どうやら、うまくいったようですね」

ふいに黒鬼の背後が、ぱっと明るくなった。まぶしいほどの金色の光に、ふり返った黒鬼が目を細める。光はやがて、女の姿をかたどった。

「また、早いお出張りだな、天女さんよ」

天の羽衣《はごろも》をまとった女は、やさしげな微笑を浮かべている。

「あの悪戯《いたずら》は、あんたの差金か？　暴れ馬に小鬼が関わっていたなんて、できすぎた話だ」

天女は、ふふっ、と小さな笑いをもらした。

「母親の死も父親の怪我も、覆《くつがえ》せない運命《さだめ》です。このまま行けばあの子の『鬼の芽』は、小さな不満を糧にして何十年も憎しみを育てあげ、ある日いきなり破裂したでしょう」

まだ充分《じゅうぶん》に育たぬうちに吐き出させるには、いったん誰かに存分に、憎しみをぶつけるしかなかったと、天女は説いた。

「年月《としつき》を経れば腹の腑《ふ》にとりついて、滅多なことでは出てこないでしょうから」

「きれいな顔に似合わず、存外いやらしい真似《まね》をする。あんたら天上人《てんじょうびと》は、いつもそうだ」

黒鬼の悪口にも、天女は黙って微笑《ほほえ》んでいる。

「まあ、そういうところも嫌いじゃねえさ。で、どうだい、今夜あたり。どこぞでしっぽりといかねえか」

「あなたのそういうところは、何百年経っても変わりませんね」

「あんたみたいな別嬪《べっぴん》を、みすみす逃《し》す手はねえさ」

黒鬼が光に向かって、黒檀《こくたん》のような腕を伸ばした。だが、手がふれる前に女の姿はかき消えて、後には甘やかな香りだけが残った。

「小鬼は力尽きて、倒れています。あの子のことを頼みましたよ」

やわらかな声が、天からこぼれるように降ってくる。それを最後に、気配は消えた。

「ちっ、面倒くせえな」

あからさまに舌打ちし、それでも黒鬼は走り出した。人の脇を過ぎても、その姿は目にはうつらない。突然のつむじ風に、人々は顔を反らせ着物の裾《すそ》を押さえた。犬のようににおいを辿《たど》り、やがて黒鬼は、繁《しげ》みの中に倒れている三つの小さなからだを見つけた。

うつ伏せになっているのはひとりだけで、耳でかと目でかは、天に向かって目を見開いて微動だにしない。生きている気配すらなく、その姿は魂の抜けた人形そのものだった。

「頭《かしら》が力尽きりゃ、木偶《でく》も役立たずか……まあ、仕方ねえ。もともと過去見の力は、こんなちびには重過ぎるんだ」

黒鬼は、忌々《いまいま》しげに錫杖をふり上げた。いくつもの錫《すず》の鐶《かん》が、じゃらんと濁った音をたてる。杖の先から発した白い光が辺りを包み、三人の子供の姿が消えて、地に伏したままの赤いからだが現れた。黒鬼が、赤い小さなものを抱き起こす。

朱塗りのような赤いからだに、真夏の植物を思わせる緑の髪が肩までうねり、頭のてっぺんに親指ほどの小さな角がのぞいていた。

「おい、いつまで寝てやがる。さっさと起きねえか」

小鬼の顔を仰向かせ、黒鬼は表情を曇らせた。三月前よりも、明らかにやつれている。それでもがくがくと揺さぶると、小鬼は半分だけ目をあけた。

「んあ」

見開けば丸く大きな目で、裂けたような口も、緑の髪から突き出した耳もやはり大きい。唯一、鼻だけが、ちんまりと顔の真ん中に収まっていた。

「この馬鹿が。過去見の他に、よけいな力なぞ使いやがって」

「そんなたいそうなもんじゃね。黄白膏を真似て、幸介の親父さんの薬をこさえただけだ……おれはもともと、草木の精を吸う鬼だもの。あれくらいは造作《ぞうさ》もねえ」

失敬してきた黄白膏と、そっくり同じにはならなかったが、吸いとった草木の精を練り込んだ薬は、本家本元にもひけをとらぬ出来栄えだった。小鬼は満足そうにため息をついた。

「これで民《たみ》は……いや、幸介は、この先、心安く生きていける」

「おめえの民は、八百年前に死んじまったろ。おれたちが追っているのは、鬼の芽をたずさえた化物だ」

話の途中から、小鬼のまぶたがゆっくりと落ちていく。

「おれ……何でだか……すごく眠い……」

かくり、と緑にふちどられた赤い頭が落ちた。

さっきより乱暴に揺すっても、まったく起きる気配がない。

「ちっ、やっぱり起こすのが早過ぎたか。前の鬼の芽を摘んでから、十年と経っちゃいねえからな。あの天女も、鬼使いの荒い……」

ぶつぶつと文句をこぼしながら、黒鬼は小鬼をかかえて空へとび上がった。

「さっきの坊主がつつがなく余命をまっとうすりゃ、あと四、五十年は鬼の芽は現れまい。今度はゆっくり眠れるってもんだ」

曇天の空を東へ向かって、黒いつむじ風が吹き過ぎた。

鬼姫さま

大罪を犯さば　地獄に落ちる
だが稀《まれ》に　鬼の芽を宿す者有り
無垢《むく》な心のまま罪を犯す者に　鬼の芽を有す者現れり
此者《このもの》　地獄に落ちず　無に帰する
努々《ゆめゆめ》　人に転生してはならず

＊＊＊

ほんの半月前まで、天にも上るような心地で日々を過ごしていた。

この世はすべて美しく、光り輝いて見えた。それが突然、前も後ろも見えぬほどの漆黒の闇と化した。

そのあまりに理不尽な変わりようが、十七歳の織里《おり》姫には、どうしても理解できなかった。

「姫さま、真木隆国《まきたかくに》さまから見舞いの品が届いております。めずらしい唐菓子でございます」

「欲しゅうない、下がりなさい」

織里姫は縁《えん》に座し、庭をながめている。庭には初夏の花々が、勢いよく咲き誇っていた。

「そう仰《おっしゃ》らずに、どうか少しでも。この半月、ほとんど召し上がられていないのですから」

側仕《そばづか》えの女中は、菓子を盛った盆を姫の前にさし出した。餡《あん》を包み油で揚げた小麦団子は、香ばしいにおいを放っている。

「いらぬと申しておる！」

織里姫に払われた盆が、女中の手を離れ庭へとび、白い花をいっぱいにつけた橘《たちばな》の根方に落ちた。団子がそのまわりに、ばらばらと散る。

「も、申し訳ございません。ただいま下男に片付けさせますので……」

「いいから、下がれと申しておる！」

一喝された女中は、すっかり怯《おび》えきったようすであわてて座敷を出ていった。

「何もいらぬ……冬嗣《ふゆつぐ》さまより他は、何も……」

閉じた瞼《まぶた》の裏には、恋しい人の面影だけが映る。

「なら、これ、もらっていいか？」

思い出に埋没しようとしていた意識が、ふいに現《うつつ》に引き戻された。

目をあけると、三人の子供が縁先に並んでいた。

「うまい？」

「うまそう」

「うまそうだなあ」

どこから入ってきたのだろう。六つ、七つくらいの童《わらべ》だった。橘の根本からいつのまに拾い上げたのか、三人の童は、両手にそれぞれ小麦団子を握っている。

兄弟だろうか。広い額が前に突き出ているのは同じだが、顔の造作はまるで違う。織里姫の右手に立つ子は、顔の横から大きな耳がのぞき、まん中の子は目ばかり大きい。そして左の子は、裂けているかのような大きな口をしていた。

童たちは期待に満ちた眼差《まなざ》しで、こちらを見上げている。

「それは……土がついて汚れておる。そのようなものを食べては、腹をこわすぞ」

その奇妙な顔立ちに見入りながら、織里姫はついこたえていた。

「平気」

「平気だ」

「腹なぞ、こわさね」

三人の肩まで垂れた髪も、粗末な着物も、たっぷりと土埃《つちぼこり》にまみれていて、地面に落ちた団子よりよほど汚い。なるほどと思えて、織里姫はうなずいていた。

「それなら、食べても構わぬ」

三人が一斉に、両手を口に持っていった。各々の手の中のふたつの団子は、あっというまに三つの口の中に消えた。

「うめえ！」

「うめえ！　初めて！」

「こんなうめえもん、初めて食った！」

どういうわけか、さっきから童は、右から左に向かって順繰りに口をひらく。それもまた奇妙に思えたが、うまいうまいと大喜びするようすに、織里姫の口許に、半月ぶりに小さな笑みが浮いた。

「礼する」

「団子の礼する」

「うまい団子の礼に、過去世《かこぜ》見せる」

どうせ捨てるしかなかったものだ。礼には及ばないと断ろうとして、三番目に口を開いた大口の童のことばがひっかかった。

「過去世を見せると、いま、そう言ったか？」

三人は一緒にうなずいたが、やはり口だけは、右から左に順よくあける。

「わしらは、過去見《かこみ》だ」

「過去世、見せる」

「わしらは過去世を見せる、過去見の鬼じゃ」

鬼と言われても、少しも怖くない。角も牙《きば》も鋭い爪《つめ》もなく、何よりあまりにも小さすぎる。そんなことよりも、よほど興を惹《ひ》くものがある。

「過去世を見せると言ったな。まことにかなうのか？」

三つの頭が、また一緒に縦にふられた。

「半月前の宵、屋敷の裏手の門じゃ。冬嗣さまは、門を出たところで何者かに斬《き》り殺された。誰が冬嗣さまを亡きものにしたのか、どうしても知りたい」

胸の前で手を握り、織里姫は目を閉じた。その瞬間、耳の横で、きん、と高い音がして、縁に座していたからだが揺れた。小さな悲鳴とともに、織里姫はその場に手をついた。

「半月前の宵」

「屋敷の裏手の門」

「姫さまの見たい過去世じゃ」

え、と目をあけると、辺りは漆黒の闇だった。己の胸の鼓動《こどう》だけが、やけに大きく耳に響く。気がつくと、三人の童は傍らに立っていた。

「姫さまが念じたから、ここにとべた」大耳の童が言って、

「見ろ、屋敷の裏門だ」と、大眼《おおまなこ》の童が、まっすぐに指をさした。

童の示す先に、じっと目を凝《こ》らす。そこだけ闇が薄まって、見覚えのある景色が見えてきた。屋敷の裏門だとわかったが、夜であるから、やはり暗い。だが、そこから人影が現れて、同時に雲の切れ間から月が覗《のぞ》いた。

「冬嗣さま!」

この半月、どんなに恋しく思ったことか。夢にまで見た人見《ひとみ》冬嗣《ふゆつぐ》の姿に、焦がれるように胸が熱くなる。まばたきするのも惜しいほどに、じっとその姿に見入っていたが、門がふたたびあいて、屋敷の内から別の男が出てきた。

「あれは、真木隆国！」

織里姫の目が、大きく広がった。ふたりの男は何かことばを交わしているが、声はきこえない。だが、決して穏やかな話ではないということが、そのようすから見てとれた。やがて物別れに終わったものか、人見冬嗣は踵《きびす》を返し、真木隆国に背中を向けた。

その背に向かって刀がふり降ろされたとき、織里姫は思わず目を閉じていた。

「見えた？」

「見えたか？」

「見えただろ？」

声に促《うなが》され、ゆっくりと目をあけた。闇に慣れた目に光がまぶしく、細めた目の隙《すき》間《ま》から、橘の白い花が見えた。そこはもとの自室の縁先で、三人は先刻と同じ場所に立っている。

「……いまのは、夢ではないのだな？」

念を押すと、三人はまた、そろって首をうなずかせた。褒《ほ》められるのを待っているかのように、嬉しそうにこちらを仰いでいたが、ふいにびくりとからだをはずませた。

「おのれ、真木隆国……よくも冬嗣さまを！」

橘の木の下には、菓子を載せていた盆が、落ちたままになっている。人見冬嗣を殺しておいて、その悲しみにくれる己に、素知らぬふりで見舞いの品を届けさせる。その厚顔に、腸《はらわた》が煮えくりかえった。

悪鬼のような織里姫の形相《ぎょうそう》に、三人の童子に怯えが走る。そして一斉に、こわいこわいと騒ぎはじめた。

「角が生えるぞ」

「鬼になるぞ」

「額に角が生えたら、人鬼になっちまうぞ」

「鬼はあの男、真木隆国ではないか!」

まるで大風を食らったように、きゃあ、と叫んで三人が地面にころがった。大耳と大眼は、頭を抱えて地面にうずくまり、ぶるぶると震えている。大口の童だけが、尻餅をついた格好で、それでも懸命にことばを紡《つむ》ぐ。

「怨《うら》んではいけね。憎んではいけね。鬼の芽はそれを吸って大きくなる。芽がいっぱいにふくらんで破裂したら、本当に人鬼になっちまうぞ」

「鬼の芽だの人鬼だの、何のことやらわからぬが、鬼になるというならそれも良い。鬼となってあの男を、地獄に落としてみせようぞ」

ふたたび童子たちが悲鳴を上げて、放り投げられた犬猫のように、ころころと地面をころがった。橘の木さえ通り越し、低い繁《しげ》みの中にころがり込む。

過去見の鬼たちは、それきり姿を現さなかった。

「隆国が冬嗣を殺《あや》めただと？　何を世迷《よま》い言を申しておる」

この東国の一角を治める結城為輔《ゆうきためすけ》は、領地をまわり四日ぶりに屋敷に戻ってきた。

織里姫は真っ先に真木隆国の所業を言い立てたが、父は姫の話をまるで信じようとしなかった。

「いったい、誰がそのようなでまかせを……」

「でまかせではございません！　私がこの目ではっきりと見たのですから！」

高坏《たかつき》には、父が土産に持ち帰った李《すもも》が盛られている。これを押しのけるようにして織里姫がにじり寄ると、為輔はますます眉をひそめた。

「おまえはあの日、叔母上の館《やかた》にいたではないか。屋敷の裏門で賊に襲われた冬嗣を、どうして目にすることができようか」

悲嘆にくれるあまり、ありもしない妄想でも起こしたか。父はそう言いたげな顔をして、憐《あわ》れむように娘をながめた。

「隆国は若い家来の中では、誰より立派な男だ。文武に秀で、仁徳にも厚い」

「父上は、騙《だま》されているのです。あの者は恐ろしい男です。いますぐここへ呼んで、問いただして下さいませ」

跡継ぎである二つ下の弟と違い、織里姫は簡単にはひかない強さがある。性を違えて生まれてきてくれれば、さぞかし立派な侍大将になったろうと、惜しむようなため息をつき、為輔は隆国を呼びにやらせた。

「お呼びにございますか、お館さま」

やがて座敷に現れた若い家来は、品のある身ごなしで主の前に一礼した。

京の貴族の血を引くというだけあって、武骨者の多い坂東武者《ばんどうむしゃ》にはめずらしく品のいい物腰の男だった。知恵袋と称される父親とともども、為輔からは特に目をかけられている。

一方の人見冬嗣は、同じ家来とはいえ、家柄も身分もぐっと低い。そのような者が娘の織里姫と睦《むつ》まじくなったことを、父はかねがね快しとはしていなかった。

主から仔細《しさい》をきいても、隆国は顔色ひとつ変えず、こたえた。

「天地神明に誓って、やましいことはしておりません」

主は満足そうにうなずいたが、織里姫はすいと立ち上がり、隆国の前に立った。

「隆国、面《おもて》を上げなさい。私の顔を見て、同じことが誓えますか?」

家来はゆっくりと顔を上げ、織里姫にしかと目を合わせた。

「お館さまに告げられぬような、やましいことは一切ございません。お誓い申し上げます」

その日は真摯《しんし》で、毛筋ほども揺るがない。しばしそれをじっと見詰め、やがて織里姫は、そうか、と応じた。

「姫よ、これでおまえも気が済んだろう」

「いいえ、父上、まだですわ。この前、隆国から届けられた、唐菓子の礼をしなければ」

織里姫は高坏から、三つ、四つの李をとり上げて、隆国の顔を目がけて投げつけた。よく熟れた李は、隆国の顔の上ではじけ、汁がだらだらと鼻や頬をつたい、果実の甘いにおいが漂った。

「姫、何ということを!」

たちまち血相を変えた為輔を、隆国が押しとどめた。

「お館さま。私は平気にございます」と、畳に手をつき平伏する。

「そうですね、隆国、まだ礼が足りませんでしたね」

織里姫はまた家来の傍に寄り、畳にそろえられた手の上に、己の足を音立てて下ろした。

畳に埋まりそうなほど、力をこめて指を踏み締められても、隆国はやはり声ひとつ立てない。あまりの狼藉《ろうぜき》に、荒武者と称される父さえも、さすがに色を失った。あわてて娘のからだを家来から引きはがしたが、織里姫はその父に向かって乞《こ》う。

「父上、隆国に、私の側仕えをお命じ下さいませ」

「なんだと？」

「おきき入れいただけなくば、私は命を絶ちます」

本気だということは、娘の目を見ればわかる。それでも父親は、しばし逡巡《しゅんじゅん》した。

「お館さま、私からもお願い申し上げます。どうか姫さまのお側仕えをさせて下さいませ」

「隆国……」

黄色い汁にまみれた顔を、しばしじっと見下ろして、やがて為輔は許しを与えた。

真木隆国に対する織里姫の仕打ちの酷《ひど》さは、またたく間に家来や女中の口の端に上った。

――織里姫さまは、お人が変わられたようだ。まるで鬼がとりついたような。

――まことに恐ろしい限りだ。隆国殿のおいたわしいことといったら……生傷が絶えぬ有様よ。

――知っておるか？　織里姫さまは箒《ほうき》の柄《え》ほどの竹竿を常に手許において、その竿が折れるほど隆国殿を打ち据えておる。

――近頃では女どもも怖がって、姫の傍へ寄ろうとはせぬからな。すべて隆国殿がお世話をなされているそうだ。

父の為輔もこれには頭を痛め、幾度となく忠告したが、姫はまったく耳を貸さない。

織里姫ではなく、鬼姫だ。

その噂《うわさ》はやがて、屋敷の外でも囁《ささや》かれるようになり、結城の鬼姫さまの名は、やがて領内中に広まった。

ここにきて領主の為輔も、姫のあつかいをどうするか考えざるを得なくなった。跡取りである織里姫の弟、齢《よわい》十五の為芳《ためよし》に、縁談が持ち上がったからだ。相手は坂東武者の中でも、ひときわ力のある家の姫で、結城家にとっては願ってもない話だ。

しかし万一その姉が、鬼のような女だと知れたら、せっかくの縁談が壊れかねない。

頭を悩ませる当主に、意外な者が妙案を持ちかけた。為輔の知恵袋たる、真木隆国の父親だった。

「領地の外れにある村に屋敷を立てて、織里姫さまをそちらに住まわせてはいかがでしょう。むろん、息子の隆国もお供いたします」

隆国さえ傍に置いてやれば、織里姫も否やはなかろう。なるほどと、為輔もうなずいた。

「しかし、それでは隆国が、あまりにも不憫《ふびん》ではないか？　あれほどの器量なら、本来なら当主となる為芳の右腕として、存分に働いてもらう心積もりであったというのに」

「隆国は、これも己の役目と、重々承知しております」

「あれには本当に、厄介な役目を押しつけてしまったな。まことにすまぬことをした」

翌年、領地の外れにある鄙《ひな》びた村に、織里姫は居を移した。

従ったのは隆国と、数名の下男と下女だけだった。

「何という狭苦しさじゃ。これが屋敷とは、きいてあきれる」

建てられたばかりの館は、木の香りも新しく小ざっぱりとしているが、広々とした結城の屋敷で生まれ育った織里姫には、馬小屋のようにしか見えない。狭い館にこもっていては、息が詰まる。三日もすると織里姫は我慢がきれて、隆国を連れて館の外に出た。

だが、そこにあったものは、狭い館などより、よほど鬱陶《うっとう》しいものばかりだった。村中に饐《す》えたような嫌なにおいが立ちこめて、織里姫は思わず鼻をおおった。実りの時期を迎えたというのに、田畑にはほとんど黄金《こがね》色が見られない。半ば朽ち落ちているような百姓家が点在し、ぼろをまとった村人たちは、それよりいっそうみすぼらしかった。

誰もが織里姫の姿を認めると、あわてて逃げ出すか、あるいは地にひれ伏して、おそるおそる上目遣いで姫を仰ぐ。織里姫とまともに目を合わせるのは、子供たちだけだった。

「鬼姫だ！　鬼姫が来たぞ！」

「捕まったら、とって食われるぞ！」

囃《はや》し立てた子供たちは、親に頭を張られ、家の中にひきずり込まれている。それでも興味が抑えられないらしく、戸の隙間から、いくつもの目が覗いていた。

「私の噂は、このような領地外れの村まで届いているのだな」

己が恐れられていることは、まったく意に介さなかったが、村人たちの惨めな姿と濁った目には、ひどく苛々《いらいら》させられた。結城の屋敷にいた頃も、外を歩くたびに怯えた目を向けられた。だが、この村の者たちほど、卑しい目つきは見たことがない。

村をまわりながら織里姫は、とうとう癇癪《かんしゃく》を起した。

「何故《なにゆえ》ここの村人は、あれほどまでに下賤《げせん》な目をしているのか」

「それはおそらく、貧しさ故でございましょう。この辺りは領内でも、もっとも田畑の実りが乏しいのです」と、隆国はこたえた。

たしかにどこを見渡しても、黄金色に実っているはずの米や麦は、穂を深く垂らしたまま茶色く立ち枯れており、道端の雑草さえも泥にまみれてぐったりしている。

「どういうことか、隆国。何故この村は、米が穫《と》れない」

「それは、大水のためでございます」

やはり従者は間髪容れずに応じたが、織里姫は訝《いぶか》しげに眉間《みけん》にしわをきざんだ。

「大水だと？ そんなはずがあるまい。この村を流れる川は、やがては結城の屋敷の東へと注ぐ。だが、あの辺りでは、大水など出たためしはないぞ」

川の上流にあたるこの辺りは流れがきつく、曲がりくねっている上に、ちょうどこの村のすぐ上で、川幅が急に狭くなっている。おかげでこの一帯は秋になると、何年かおきに鉄砲水に見舞われるのが常だった。水はせっかく育った稲穂を根こそぎ倒し、一度水に浸かった稲は、腐るのを待つしかないという。

「このひどいにおいは、それ故か」と、織里姫は顔をしかめた。

「人はひもじいと、ことさら気持ちが弱ります。大水のためにたびたびそのような思いをするうちに、いつしかあのような侘《わび》しさが、身についてしまったのでしょう」

「これから冬を迎えるというのに、あの者たちは何を食すのだ？」

「わずかな山の恵みと、冬には鳥獣を獲って凌《しの》ぎますが、十分な量ではありません」

　大水の出た年は、冬のあいだに年寄りや子供に死人が多く出るときいて、織里姫の顔がますます険しくなった。

「隆国、屋敷の倉を開いて、すべて村人にくれてやりなさい」

　ひざまずいた隆国がはっとして、己より十も若い主を仰いだ。

「よろしいのですか？」

「よい。あのような鬱陶しい顔を、これみよがしに見せつけられるのは我慢ができぬ」

　かしこまりました、と従者は頭を下げて、その日のうちに織里姫の館の倉は、米粒ひとつ残さずからっぽになった。

「お、織里姫、またずいぶんと早く戻ったな」

たった数日で、また屋敷に舞い戻った娘の姿に、為輔は頰を引きつらせた。

姫とはいえ、坂東武者の娘だけあって、織里姫は馬も難なく乗りこなす。村から走らせれば、父の屋敷まで半日もかからなかった。

「村の暮らしは、よほど性に合わなかったか？」

おそるおそるたずねる父に、織里姫は事もなげに言った。

「たしかに、何から何まで我慢のできぬことばかりです」

屋敷は狭いし、村は寂れているし、村人はこぞって小汚い。さんざんな物言いに、

「そうか……」と、父親はがっくりと首を折った。

「ですが、そのくらいは私も堪えてみせましょう。ただ、食べ物が足りぬことだけは、いかに私とて我慢がなりません」

「なに、食べるものが足りぬだと？」

「はい。出立のときにいただいた分は、すべてこの隆国が、食べてしまいました」

織里姫が、背後にかしこまる家来を示す。

「馬鹿な……おまえたちが、たっぷりと三月は暮らせるほどは運ばせたはずだ」

為輔はたちまち目をむいて、隆国に向かって真偽を確かめた。

「申し訳ございません。姫さまの仰るとおりにございます」

「まったく、役に立たぬくせに大飯食らいではかないませぬ。隆国は厳しく罰します故……」

「いや、待て待て。わかった、わかったから、酷い真似はしてくれるな」

ひときわからだが大きく、豪胆で鳴らした為輔も、娘には言いなりだ。すぐに新たな食糧を届けさせると、為輔は約束した。

「父上、先にいただいた分は、三月分と仰いましたね。では、あの五倍、いえ十倍はいただかないと」

「十倍だと？　無茶を申すな！」

「三月分の米や麦を、たった幾日かで食べ尽くされてしまったのです。十倍でも足りぬくらいです」

織里姫と数人の使用人の三月分の食糧は、村人にとってはほんの数日分にしかならない。

そうと知った織里姫は、すぐさま馬を駆けさせた。

いまは跡取り息子の縁談を控えた大事な時期だ。騒ぎを起こされてはたまらないと、為輔は言われるがまま、倉に入りきらぬだけの食糧を村に届けさせた。

領主から食べ物の世話を受けるなど、ついぞなかった村人たちは、

「なにせあの鬼姫さまじゃ。わしらを太らせて、とって食うつもりではなかろうか」

不思議がるやら気味悪がるやらしていたが、所詮ひもじさには勝てず、いくたびか施しを受けるうち、しだいに織里姫に慣れていった。

だが、その村人たちにさえ、織里姫は容赦しなかった。

「また米が足りぬとな？　おまえのところには、三日前に渡したばかりではないか」

「へえ、育ち盛りばかりそろっておりまして、みぃんな餓鬼どもに食われちまいまして」

「嘘を申すでない。その息子からこの前ききましたよ。私の倉をあてにして、山へ獣をとりに行こうとさえしないとな」

「え、と、それはその……」

「おまけにおまえはこのところ、賭《か》け事にばかり現を抜かしているそうではないか。そのような暇があるなら、藁《わら》ないのひとつでもすべきであろう！」

織里姫にやり込められて、百姓は這々《ほうほう》の体《てい》で逃げ帰った。

そのようにして三年経ち、五年経ちするうちに、鬼姫屋敷の噂は、近在の村にまで

流れ、大水が出た年はもちろん、そうでなくとも冬場になると、大勢の飢えた民が、屋敷の門前に列をなすようになった。

*

「この静かな流れが、上ではあれほど暴れるとは、未だに信じられぬ思いがするのう」

織里姫は馬上から、父の屋敷の東の川を見下ろしていた。

村に移って七年が経ち、父の為輔は去年、病を得て身罷《みまか》った。真木隆国の父親は、それより前に亡くなっている。

結城の家は、いささか頼りない弟が継いでいたが、妻の実家の後押しもあって、どうにかつつがなく領地を守っていた。

姉から毎年、法外な食糧を乞われるたびに、父親以上にびくつきながら、言われるままにさし出していたが、無心する量は、年々増えていくばかりだ。さすがにこれ以上は無理だと、領地の勘定を預かる家来ともども、頭を下げられた。

織里姫も七年前にくらべて、さまざまなことが見えるようになった。断られるのも道理だろうと、案外あっさり引き下がり、その帰り道だった。

「あの暴れ川をなだめぬ限り、いくら施しをしたところで追いつかぬ。同じ川だというのに、どうしてこうまで違うものか」

「同じ川とはいっても、この辺りを流れる頃には川幅もずっと広くなり、流れもゆるやかになりまする。両袖の河原も充分《じゅうぶん》に広く、また堤も築いておりますから、大水の心配もございません」

織里姫の呟きに、常のとおり隆国が応じた。どのようなことをたずねても、この従者は誰より確かなこたえをくれる。

「では、川の上も同じようにすれば、治めることができるということか？」

「たしかにその通りにございますが、治水ほど人の手に余るものはございません」

下流にあたるこの辺りは、自然がこのような地形を築き、人の手によるものは、低い堤だけだった。だが上流は、のたうつ蛇のように流れが曲がり、まずはこれが何よりも厄介だ。

「川幅を広げ、さらに水を逃がす路《みち》を設ければ、あそこまで暴れることはないかもしれませんが……」

ちょうど瓢簞《ひょうたん》にあるくびれのように、大きくたわんだ流れの脇に、短い水路を設ければ、流れが滞ることがなくなると、隆国が説いた。

「ですが、決して容易《たやす》いことではございません。多くの人夫を費やしても、何年、いえ何十年とかかりましょうし、何よりもそのための技を持つ堤師《つつみし》がいなくては、いくら人夫を集めても、烏合《うごう》の衆と変わりませぬ」

「その堤師とやらは、どこにおるのじゃ」

「かつては奈良や京の都に、そのような者がいたそうですが、近年では、治水は土地の者に任せる向きが多く、なかなかに難しゅうございます」

それでは埒《らち》があかないと、織里姫がまた難しい顔になる。

隆国が、ふと思いついた顔になった。

「そういえば、為芳さまの奥方のお実家《さと》に、高麗人《こまうど》が招かれていて、道造りや橋架けなど、さまざまな普請の技を伝えているとききました。もしかすると、治水にも明るいやもしれません」

隆国にもやはり弟がいて、父の亡き後、為芳のもとに仕えている。隆国はその弟から、高麗人の話をきき知ったようだ。

「それを早く思い出さぬか。行くぞ、隆国」

すぐさま馬首を変え、織里姫はいま来たばかりの道を戻り、結城の屋敷にひき返した。

「姉上、どうか無心はお諦《あきら》め下さいと申したはずです」

領主である弟は、悲鳴のような声をあげたが、そうではないと織里姫は上流の治水について隆国に語らせた。

「高麗人のことなら、妻を通して舅《しゅうと》殿に頼むことはできますが……ですが姉上、どうやって人夫を集めるおつもりですか」

「それはもちろん、為芳殿が集めるのじゃ。ここで動けぬようでは、何のための領主かわかりません。領地の内外に触れを出すくらい、難しいことではありますまい」

「急にそのようなことを申されましても……」

為芳は臆病だが、裏を返せば用心深いということだ。領内の民や兵を人夫に駆り出されては、いざというとき国を守れない。そう為芳が述べると、隆国が進み出た。

「国の守りは、お舅さまにお任せしてはいかがでしょうか」

「こう申しては何だが、そこまで舅上《ちちうえ》を信じてよいものか。こちらの守りが手薄になった隙に、攻め入られるということも……なにしろ良くも悪くも、欲の深い方だからな」

「お舅さまのお国には、さらに大きな川がございます。やはり上の辺りでは、よく大水が出るのも同じです。いくら治水の教えを人に乞うたところで、いざ行ってみれば、いくつも躓《つまず》きが起きましょう。ですが結城の国で試した後なら、その躓きもぐっと少なくなるはずです」

舅である大国の領主に、そう仄《ほの》めかしてみよと隆国は進言した。

結城の国での治水工事は、その大国にとってまたとない手本となる。少なくとも治水が形をなすまでは、無闇に攻め入ってくることはあるまいと、隆国は申し述べた。

「たしかに一理あるが……やはり大事であることは変わりない」

人足だけに留まらず、莫大な費《つい》えと労苦がかかることはわかりきっている。安易に諾《だく》とうなずけるわけもなく、為芳はひたすら逡巡する。

しびれを切らせた織里姫は、すっくと立ち上がり、縁から庭へ下りた。

「隆国、ここへ」

織里姫が示した足許に、隆国はおとなしくひざまずいた。

「姉上、何を！」

その手に、馬に用いる竹根の鞭《むち》を見て、為芳は声をあげたが遅かった。

織里姫の右手がふり上げられて、ひゅん、と風を切る音がした。ぴしりと鋭い音とともに、鞭は隆国の背でしなるように踊った。竹根の鞭は細いが、その分からだに深く食い込む。織里姫は顔色ひとつ変えず、続けざまに従者の背に打ちつける。見る間に隆国の着物の背が、幾筋も裂け、その裂け目から、じわりと血が沁《し》みだした。隆国は歯を食いしばり、呻《うめ》き声ひとつもらさず堪えている。

「もう……もうおやめ下さい、姉上！」

「為芳殿がこの話を受けられぬというなら、屋敷の東河原でこの見世物をはじめるが、それでもよろしいですか」

東河原には、物売りが行き交い市も立つ。領内でもっとも繁華な場所で、乱心の領主の姉君が家来を鞭打てば、噂はまたたくまに領地の外へも伝わるだろう。

己の意を通さんとするために、無表情で家来を打ちすえる姉の姿は、本当に鬼が乗り移ったようだ。ぶるりと身震いし、たまりかねたように為芳は叫んだ。

「人見冬嗣を殺させたのは、亡き父上にございます！」

とたんに竹根の鳴る痛々しい音がやみ、庭は一瞬、静寂に満たされた。

それまで堪えていた隆国が、どさりと地面に倒れ伏した。

人見冬嗣の父親は、結城家のもと家臣であったが、謀反の罪を問われて断罪された。当人は死ぬ間際まで無実を訴え、遺された妻子もそう信じていたという。

冬嗣は末息子にあたり、父が死んだときはわずか三つであったが、母や上の兄弟たちから、父の無念をきかされて育った。冬嗣は己の素性を隠すために、他家へ養子に入り、最初から復讐《ふくしゅう》の意図をもって、結城家に召し抱えられた。

そして、織里姫というまたとない道具を手に入れた。

勇猛で知られる為輔も、やがては老いる。織里姫の夫となって結城家に入り、頃合いを見計らい、織里姫と為芳を始末すれば、結城の血筋は絶える。それが冬嗣の目論《もくろ》見《み》だった。

「姉上との仲を知り、父上は冬嗣の出自を調べさせました。冬嗣に繋がる者たちからひそかに話を集めて、あの者の恐ろしい腹の内を知ったのです」

病床にいた為輔が、息子にだけ明かしたことだった。

「父上は本当は、隆国に姉上を娶《めと》らすつもりでおりました。それ故、真木親子に相談し、そのときに隆国が言ったそうです」

『真実《まこと》を知れば、姫さまがどんなに悲しまれることか。事を公にせず、人知れず人見冬嗣を亡きものにすることが、良策と存じます』

そして隆国は、自らその役目を引き受けた。

「やはり、父上であったか」

それまで訥々《とつとつ》と語っていた為芳が、驚いて顔を上げた。

「……姉上？　もしや、ご存知だったのですか？」

「いいえ、冬嗣さまがそこまでの野心をお持ちだったとは、まったく……」

知っていたわけではなかった。己の私欲のために隆国が謀《はか》ったことだと、最初は固く信じていた。だが、織里姫は七年のあいだ、真木隆国を見てきた。そして、その人となりを知るにつけ、あのときのことばが思い起こされた。

――お館さまに告げられぬような、やましいことは一切ございません。

つまりは父が隆国に命じて、人見冬嗣を葬ったのではないかと、そのこたえにたどり着いた。

家柄の低さを、ことさら疎んじるような父ではない。そうせざるを得ないだけのわけが、何かあったのだろうと、織里姫が推量できたのはそこまでだった。

無骨だが人の好い父は、娘から恋しい男を奪い去ったことに、罪の意識を感じていたのだろう。言われるままに食糧をさし出したのも、おそらくはその罪滅ぼしであろう。

「ですから姉上、隆国にこれ以上、酷い仕打ちをなさるのは、どうかお控えくださ い」

「あれは私の家来だ。どうしようと、私の勝手だ」

織里姫は、先刻の件を再度念押しし、当主の座敷を辞した。


庭の橘は、七年前と同じように白い花を咲かせていた。

織里姫の居室であった座敷は、いまは控えの間になっている。隆国はそこで傷の手当てを受けて、うつぶせの姿で寝かされていた。

織里姫が座敷に入ると、顔を横にしていた隆国が目をあけた。

「痛むか」

「いいえ」

隆国は、ゆっくりと身を起こし、姫の前にかしこまった。

「何か、言いたいことがあるのか」

「ひとつだけ……姫さまは本当に、治水をはじめられるおつもりですか」

「そうでなければ為芳殿に、無理な頼みなどしまい」

「何十年もかかる上に、うまくゆくかどうかもわかりませぬ。費《つい》えもたいそうかかりましょうし、万一、不首尾に終われば、姫さまが責めを負わされるやもしれません」

「何十年もつきあうのは、ご免ということか」

「そうではございません。人見冬嗣を斬ったときから、一生かけて姫さまに償うと、心に誓ったのですから」

「それなら、何も障りはあるまい。人に責められることなど、慣れておるわ。私は結城の鬼姫なのだからな」

不敵な笑みを隆国に返し、織里姫は縁に立った。

「ああっ！」

「姫さま！」

「姫さま、見つけた！」

ふいに素っ頓狂な声がして、橘の木の下に、見覚えのある三人の童の姿があった。

「おまえたちか、久しいのう」

織里姫は庭へ下り、三人の童を懐かしそうにながめた。

「おまえたちは本当に、異形《いぎょう》の者だったのだな。七年も経つのに、少しも変わらぬ」

「そりゃあそうだ」

「おれたちあれから、まっすぐここへ来たんだもの」

「光より速く走れば、先の世へ進める。姫さまが心配で、時を駆けてきたんだ。でも」

と、三人がそろってにこにこした。

「よかった、鬼じゃね」

「人鬼に、なってね」

「姫さまが人鬼になってなくて、本当によかった」

「がっかりさせて済まないが、私は鬼姫と呼ばれている」

「いいや、姫さまは人のままだ。鬼になぞ、なってねえ」

口の大きな子供が言って、よかった、よかったと、三人がはしゃぎまわる。

はじけるような笑顔に、きゃらきゃらと鈴の音に似た声が重なって、幸せそうなその光景に、胸の内に満ち足りたものがあふれてくる。

「どうかなさいましたか、姫さま」

背中から声をかけられて、織里姫は隆国をふり返った。

「その橘の木が、何か」

不思議そうに、隆国が首をかしげる。

織里姫がふたたび橘をふり返ると、過去見の鬼の姿は、どこにもなかった。

「いえ……どうやらおまえのせいで、私は鬼になりそこねたようです」

橘の梢を見上げた織里姫の胸から、ぽん、と薄茶色のものがとび出した。

＊＊＊

「黒鬼ぃ！　とれたぞ、とれたぞ、鬼の芽だぁ！」

大口が、両手で大事そうにそれを抱え、ころがるように駆けてくる。河原でぐったりしていた黒鬼が、大儀そうにからだを起こした。黒光りしたからだ中が汗にまみれ、肩で息をしている。それでも大口がさし出した手の中を、興味深げにながめた。

「へえ、これが鬼の芽か。初めて見るな」

形はまるで巻貝の身のように、おそろしくひねた形をしているが、そのわりに薄茶色のやさしい色をしている。黒鬼は首に巻いていた針金のような紐《ひも》をはずし、薄茶の巻貝に通した。

傍らに倒していた錫杖《しゃくじょう》をとり上げて、その先に結びつける。

「おい、木偶《でく》どもはどうした」

「あ、忘れてきた！」

喜びのあまり、大耳と大眼をおき去りにしていたことに、ようやく気づいたようだ。

「どうもまだ、うまく操れねんだ。動きはみんな同じになっちまうし、しゃべらせるのはさらに骨だ。短いことばを順ぐりにしか言えねんだ」

「まあ、おまえの力じゃ、そんなもんだろ」

拾いに行くという大口を、待て待てと引き止めて、黒鬼は錫杖をふった。杖の頭を飾る錫《すず》の鐶《かん》がじゃらんと鳴って、大口のからだが白い光とともに消え、赤いからだが現れた。

熟れた柿のようなからだを、己の両手でたしかめて、赤い小鬼は緑の髪がのびた頭を、ぶるんとひとつふった。本来のからだに戻り、ほっとしたように息をつく。

「いちいち三つに分けるなんて、あの天女もまた面倒なことを」

「過去見の力は大き過ぎて、そのままからだに入れると、おれがはじけちまうんだ。だからおれのからだを削って作った人形に、遠駆けと遠見の力を入れて、それをおれが操らなけりゃならねんだ」

大耳に入れた遠駆けの力で、遠い星まで一瞬で飛び、大眼の遠見でこちらを見れば、過ぎた過去を見ることができる。過去見の力とは、そういうものだった。

「んなこたぁ、わかってるんだよ」

黒鬼が、ぽかりと小鬼の頭を張る。

「それよりなぁ、毎度こんなに走らされたんじゃ、こっちの身がもたねえんだよ」

過去見で力を使い尽くした小鬼に代わり、三人を担いで七年の時を走らされたのは、この黒鬼だった。頭を叩かれた小鬼は、緑の髪のてっぺんから親指ほどだけ伸びている角を両手で押さえ、済まねえと謝った。

「でも、おかげで鬼の芽はとれて、民《たみ》も鬼にならなかった」

「最初からこの調子じゃ、先が思いやられる。いいか、こんなこと二度とご免だからな」

二匹の鬼の長い旅は、こうしてはじまった。

忘れの呪文

知恵と引き替えに　人は罪を得た
獣の常の営みすら　人には罪となり狂気を誘《いざな》う
時を経るにつれ　人はより知恵を貯《たくわ》え　禁忌《きんき》を生み
己《おのれ》を縛る綱をいたずらに増やした
ただ忘却だけが　人に与えられた唯《ただ》ひとつの救い也

＊＊＊

木蔭《こかげ》に入ってやれやれと息をつくと、足許に蟬《せみ》の死骸《しがい》が落ちていた。邪魔だとばかりに足で蹴《け》ろうとしたが、死んでいるように見えた蟬が、ジジ、とかすかにもがいた。

「往生際《おうじょうぎわ》の悪いヤツだね。とっとと冥土《めいど》に行っちまいな」

口にしたことばは、そのまま己にはね返る。老婆《ろうば》は忌々《いまいま》しそうに、眉間《みけん》の皺《しわ》を深くした。

すぐ先の角を曲がれば、己が住まう長屋の木戸が見える。そこまでがやけに遠く感じられて、婆《ばば》は背負い箱を揺すって担《かつ》ぎなおした。

慣れ親しんだはずの商売道具が、歳を追うごとに重みを増してくる。いつまで続けられるものかと、先の見えない不安に襲われて、早く楽にお迎えが来ないかと、気づけばいつも念じている。

しかしそのたびに、大事な何かを置き忘れてきたような、妙《みょう》な焦燥《しょうそう》に駆られた。捕えようとしても緒《いとぐち》さえ見つからず、じりじりとした焦《あせ》りばかりが身内を焦《こ》がす。

このところそれがひどくなってきたと、考えながら婆は木蔭から足をふみ出した。

「あ、おかえり、お針婆《はりばあ》」

「今日は、いくつ売れた?」

木戸を入ったところで、明るい声がかけられた。

同じ長屋のお梅《うめ》とおさわは、ともに今年八つになる。

「あんたらに告げるほど、売れちゃいないよ」

いつものごとく素っ気なく返しても、娘たちはにこにこと婆を仰ぐ。

「ねえ、見て見て。ほら、きれいでしょ」おさわが両手をさし出して、

「おとっつぁんに、買ってもらったの」お梅が隣から続ける。

おさわの手には、五色の糸に彩《いろど》られた鞠《まり》があった。目にしたとたん、お針婆は内心、ぎくりとなった。

「でもね、思うように鞠が跳《は》ねなくて、五つ六つ、ついただけで仕舞《しま》いになっちまうの」

「……下が柔《やわ》らか過ぎるんだろう。石畳の上なら、もっとうまくいくかもしれない」

お梅の問いにこたえながら、お針婆は額の汗を拭《ぬぐ》った。この歳になると、真夏でもたいして汗をかかない。別の汗だと感じながら、おさわの手にある鞠を穴のあくほど見詰めた。

顔中の皺が、しかめ面《つら》の形のまま固まってしまったような、ひときわ愛想《あいそ》のないお針婆は、長屋の者たちにも煙《けむ》たがられている。だが、このお梅とおさわだけは、別だった。

歳が同じというだけでなく、よほど気が合うのだろう。まるで姉妹のように朝から晩まで絶えず一緒にいるが、ふたりそろって何故かお針婆を怖がらず、顔を合わせる

たびにあれこれと話しかけてくる。お針婆と呼ばれるようになったのも、実はふたりのせいだった。

本当の名はまるで別だが、この歳になれば、誰もが「婆さん」で通してしまう。自《おの》ずと婆の名は忘れ去られ、いまでは長屋の差配《さはい》でさえも、覚えているかどうか怪《あや》しいものだ。

お梅だったか、おさわだったか、どちらかに名をきかれたとき、

「昔の名なぞ、忘れちまった。あたしゃ、ただの婆さ」皮肉まじりにそうこたえた。

「それなら、『お針婆』にしようよ。お針と糸を商《あきな》っているなら、お針婆がいいよ」

以来、長屋の者たちのあいだでも、お針婆で通るようになった。

抽斗《ひきだし》のついた木箱を背負い、街中で針と糸を売り歩く。針糸売りは、年寄りの女が多かった。

生来が素直じゃない気質《たち》だから顔には出さないが、己に懐いてくれるお梅とおさわのことは、正直、可愛くてならない。

けれどその一方で、ふたりを見るたびに、何か思い出さなければという焦りがひどくなった。首の裏に、さっきの蟬が貼《は》りついて、ジジと鳴きながらもがいている。ちょうどそんなふうな、気味の悪い感触に囚《とら》われた。

「石畳なら、川向こうのお稲荷《いなり》さんにあるよ」お梅が言って、

「そうだね、これから行ってみようよ」おさわがすぐにうなずいた。

「これからかい？　明日にしちゃあ、どうだい」

いまにも落ちそうな西日をながめ、お針婆は口をへの字にした。

「このところ川向こうでは、子供がよく襲われているそうだよ。おまえたちのような女の子なら、ふたりまとめてさらわれちまうかもしれない」

商いの最中《さなか》、客からきいた噂《うわさ》だった。男女を問わず子供が狙《ねら》われて、物陰に連れ込まれたり、着物を斬《き》りつけられたりと、物騒《ぶっそう》な目に遭《あ》っている。どうやら三十前後の男らしく、役人が血眼《ちまなこ》になって追っていたが、未だに捕まっていないという。

お針婆は半ば脅《おど》すようにして、その話を語ったが、子供たちにはまだ見ぬ厄災《やくさい》よりも、手の中の鞠の方がよほど気になるようだ。

「平気だよ、ここからすぐだもの」

「石の上で鞠を試したら、すぐ帰るもの」

てんでに言いながら、ふたりは嬉しそうに木戸を出ていった。

「まったく、困った娘たちだ。何かあってからじゃあ、遅いってのに」

ぶつぶつと文句を呟《つぶや》きながら、建てつけの悪い、己の長屋の障子戸を両手であけた。

いつもなら、むっとするほどの熱気が押し寄せるはずが、何故か涼《すず》やかな風が吹きつけた。ほっと人心地《ひとごこち》ついたのは一瞬のことで、たちまち婆は目をむいた。

「おかえり」

「遅かったな、お針婆」

「わしらすっかり、待ちくたびれちまった」

わずか三畳の狭い座敷に、三人の子供が上がり込んでいた。

「わしらは過去見《かこみ》の鬼じゃ」

「さっきの饅頭《まんじゅう》の礼に来た」

「饅頭の礼に、お針婆に過去世《かこぜ》を見せに来た」

三人は右から左に順ぐりに口をあけ、仰天《ぎょうてん》するお針婆に、訪ねてきた理由《わけ》を語った。

お梅とおさわよりも、ひとつふたつ幼く、そろって額が前にせり出した、独特の顔立ちだった。右の子はひどく耳が突き出しており、まん中は目ばかりぎょろりとして、左の子は大人の拳《こぶし》が入るほどに口が大きい。

言うに事欠いて鬼を騙《かた》るとは、子供の嘘にしてもたちが悪い。厄介な者たちを招いてしまったと、お針婆はいまさらながら後悔した。

仕立てを生業《なりわい》にしている馴染みの後家が、暑い最中にごくろうさまと麦湯をふるまい、饅頭を三つ持たせてくれたのは、ほんの先刻のことだ。お梅とおさわによい土産ができたと、ほくほくしながら後家の長屋の木戸を出たときに、この子供たちに会った。

たまたま出会ったというよりも、まるで待ちぼうけていたかのように、三人は手の中にある饅頭の包みを、いかにも物欲しそうにじいっと見詰める。肩まで伸びた埃《ほこり》まみれの髪と、ぼろを身にまとった哀れな姿で、指をくわえて見上げられては、決して情け深いとは言えぬ婆でも、さすがに具合が悪い。

饅頭が三つ、子供が三人。何よりもその癪《しゃく》に障《さわ》るほどの間の良さに、お針婆は仏頂面をさらにしかめた。

包みをあけて、子供の前にさし出すと、確かめるようにそろってこちらを仰ぐ。婆が黙ってうなずくと、またたきするよりも早く、三つの饅頭は子供たちの口の中に消えていた。

「うめ」

「うめえな」

「いままで食った饅頭の中で、いっとううめえ」

大ぶりの饅頭で口の中をいっぱいにしながら、三人は嬉しそうに顔をほころばせた。

「お礼」

「婆に礼する」

「饅頭の礼に、過去世見せる」

最後に口の大きな子供が言った、ことばの意味はわからなかったが、礼には及ばないと、お針婆はさっさとその場を立ち去った。物乞《ものご》いのような子供たちと、深く関わるのも面倒で、礼と称して妙なものを売りつけられてはかなわないと、危ぶんだためもある。

三人は無理にすがることもなく、これっきりだとすっかり油断していたが、まさか長屋まで追ってくるとは夢にも思っていなかった。

「おまけに過去世を見せるだなんて、騙りもいいとこじゃないか」

子供たちの話をひととおりきいて、お針婆は口の中で呟いた。

見世物小屋に出される河童《かっぱ》よりも、さらに胡散《うさん》くさい。相手にせず、さっさと帰してしまおうと、婆は内心で腹を決め、どっこいしょと背負い箱ごと座敷に腰を下ろした。

「あいにくだが、あたしには見たい昔なんぞひとつもないね」

「ない？」

「ひとつも？」

「婆には、見たい過去世がねえのか？」

何故だか子供たちは、右から左に順よくしゃべる。耳と目の大きな子供は、あまり口達者ではないようで、過去見とやらの大ボラの話も、毎度最後に口を開く、大口の子供が粗方《あらかた》を説いた。

「ああ、ないね。歳だけは人より多く重ねちまったが、いまさらふり返るほどの楽しい思いなんぞ、あったためしはないよ」

子供を払うためばかりでなく、それはお針婆の本音だった。死んだ亭主は博奕《ばくち》好きで、ふたりの息子も若い頃から面倒ばかり起こし、とうの昔に愛想をつかした。おそらくどこぞで、渡世人《とせいにん》まがいの暮らしを送っているのだろうが、二十年以上も音沙汰《おとさた》なしの有様《ありさま》だ。

「その前は？」

「もっと昔」

「婆の子供の頃は、どうなんだ?」

問われたとたん、心の臓を針でつつかれたように、胸のあたりがちくりとした。

「思い出したくもないのは、やっぱり同じさ……父親は商売下手でうだつが上がらず、母親は始終《しじゅう》、怨《うら》み言《ごと》ばかりこぼしてた。あたしは両方から愚痴《ぐち》ばかりきかされて、いい加減うんざりしていたよ」

十四で奉公《ほうこう》に出たときも、正直どこかでほっとしていた。もう、ふた親と弟たちの暮らすこの長屋に戻らずに済むと思うと、胸のつかえが一気にとれて、鳥のようにどこへでも飛んでいけるような、ひどく清々《すがすが》しい心地がした。

ついそんなことまで語ってしまい、気づけば三人の子供たちは、じっと婆を仰いでいた。

「本当にそれだけか?　婆が逃げたかったのは、親だけか?」

大口に真顔でたずねられ、ひやりとした。鬱陶《うっとう》しかったのは確かだが、言われてみれば、世間並みの親兄弟だった。少なくとも散り散りになってしまった、己の家族よりは数段ましだ。

本当に逃げたかったのは――。

そこまで考えると、頭の中に、急に白い霞《かすみ》がかかった。

決してそれは、初めてではない。幼い時分を思い出そうとするたびに、いつも同じように、どこからともなく靄《もや》が立ち込めてくる。それがこのところ、妙に気にかかるようになった。

たぶん、お梅とおさわのためだ。あのふたりを見るたびに、霞《かすみ》の中に、黒い影がぼんやりと映る。影はだんだんと濃さを増していくようなのに、肝心《かんじん》の正体はまるでわからない。人なのか物なのかさえ定かではなく、ただどす黒い不安だけが胸をふさぐ。

「もし、あたしが見たいと望めば……どんな昔でも見られるのかい？」

決して子供たちの悪ふざけを信じたわけではない。ほんの束の間、戯《たわむ》れにつき合うだけだと、己に言い訳しながらも、きいてみずにはいられなかった。

三人は同時に大きくうなずいた。

「いつだ？」

「いつの過去世が見たい？」

「あの日あの時あの場所と念じれば、わしらがそれを見せてやる」

と、胸を張って請け合う。

「……それが、はっきりわからないんだけどね」

お針婆は困ったように、皺の寄った口をすぼめた。

五十年以上も昔のことだ。いつ、どこでと言われても思い出せず、いったい何を見たいのかも定かでない。

「それじゃあ、駄目だ」

「うん、わからなければ見せようがね」

大耳と大眼《おおまなこ》の子供に言われたとたん、うかうかと話につき合ってしまった己が、急に馬鹿らしくなった。

「ふん、そんなことだろうと思ったよ。どうせ初めから、その手を使うつもりだったんだろ。半分呆《ぼ》けた年寄りなら、いつ何時《なんどき》まで覚えているはずもないからね」

「そうじゃね、いつ何時も、場所の仔細《しさい》も、わしらにはどうでもいいことだ。でも、婆が見たい過去世を決められなければ、わしらも見せようがねえんだ」

大口の子供は、そのようにわけを話した。妙に理屈が通っている分、やはりかつがれている気がしてならない。お針婆はぎろりと子供らをながめわたして、さっさと追い出しにかかった。

「それなら礼の受けようがない。気持ちだけもらっておくから、とっととお帰り」

「そうはいかね」

「仕方ね、わしらが待つ」

「婆が思い出すまで、わしらはここで何日でも待ってやる」

「何だってえ！　ここに居座るだなんて、冗談じゃない」

うまいことを言って厄介をかける魂胆《こんたん》だったかと、婆は唾《つば》をとばして三人に詰め寄った。

「こんな狭いところに、何日も居続けられちゃかなわないよ。だいたい、食い物はどうすんだい。針糸売りじゃ、あたしひとりの食いぶちを稼《かせ》ぐのがやっとなんだよ」

「案じることはね」

「食いぶちなら、わしらが稼ぐ」

「今日は稼ぎがねえから、これで勘弁してくれ」

すました顔で順よく口をあけ、大口の子供が言い終わったときだった。入口障子の外から、可愛らしい声がした。

「お針婆、おっかさんからの使い物だ」

「お針婆、うちも、おっかさんが食べてくれって」

戸をあけると、お梅とおさわが立っていた。それぞれ手には土産《みやげ》を抱え、お梅が抱えたざるには、豆腐が一丁まるごと、おさわの方は夏大根を一本抱えている。

「……これを、あたしにかい?」

人づき合いの悪いお針婆のもとには、近所からのお裾分け《すそわけ》なぞ滅多《めった》に来ない。稀《まれ》にもらうにしても、ひとり暮らしに似合いのささやかな量だ。豆腐も大根もまるごと抱えてくるなぞ、まず考えられぬことだった。

それでも、お梅とおさわににこにことさし出されれば、悪い気はしない。お針婆は、ありがたく豆腐と大根を受けとった。

「助かるよ。ちょうど妙な客が来ちまってね。どうしようかと途方に暮れていたところさ」と、お針婆は奥を示した。

「お客さん?」

「どこ?」

ふたりの女の子は、きょとんとした顔で奥に目をこらし、それからお針婆を仰いだ。

「どこって……そこに……」

三畳間には、三人の子供が膝《ひざ》をそろえている。お針婆はとまどったように、奥と外とをかわるがわる見くらべた。

「誰もいないよ」

「いないよね」

ふたりは顔を見合わせて、互いにうなずき合った。

「ああ、その……もうすぐ来ると、そう言いたかったんだ」

あわててごまかすと、なあんだ、とふたりが一緒に笑った。

「あのね、お針婆の言ったとおりだった。お稲荷さんの石畳の上だと、鞠がよく跳ねてね」

おさわがうれしそうに告げて、やはり頰を紅潮させたお梅が後に続く。

「おさわちゃん、すごいんだよ。二十数えるほども、鞠をついたんだよ」

「そうかい、それはたいしたもんだ。そのうちきっと、五十も百も数えられるようになる」

「そんなに？」わあっと、ふたりが手をたたく。

気づけばすでに日は暮れて、西の空は申し訳程度に明るさを残している。ふたりはどうやら日が落ちる前には遊びから戻ったようだと、お針婆は安堵《あんど》した。

「でも、あんまり遅くまで出歩いちゃいけないよ。さっきも言ったけど、妙な男がうろついているようだからね」

それだけはきつく釘《くぎ》をさし、お針婆はもう一度礼を言って、ふたりを帰した。

翌日から三人の子供は、針糸商いにも一緒についてくるようになった。

人一倍疑り深いお針婆は、鬼と称する子供たちの話を、やはり鵜呑《うの》みにはできなかったが、どうやら人外《じんがい》のものらしいということだけは承知せざるを得なかった。お針婆より他には、誰にも姿が見えず、それでいて妙な術を使う。

「暑いのに精が出るな。これでも食べて、力をつけろや」

行く先々で、菜やら油揚げやら、何かと食べ物をもらうことが多くなり、おかげで三人増えた食いぶちの心配もまるで要らなかった。

「うめえ!」

「うめえな」

「こんなうまい飯は、わしら初めてだ」

手にした大きな握り飯を、いかにも旨《うま》そうに三人が頬張る。ひとりになってからは煮炊きも面倒で、しばらく無精《ぶしょう》をしていたが、もともと料理は嫌いではない。喜んで食べてくれるのが張り合いになり、せっせと惣菜を作るようになった。

「ああ、ああ、またこぼした。その犬みたいな食べ方は、どうにかならんもんかね」

三人はどうやら箸《はし》が使えないらしく、飯は握り飯にして手に持たせたが、菜と油揚げの煮浸しも、大根の煮物も、すべて器から手掴《てづか》みだった。

「魚でも手に入れば、もちっと気の利いたものも作れるんだがね」

「魚は嫌じゃ。魚は臭え」

「わしらは生臭物《なまぐさもの》は食えねんだ」

「それじゃあまるで坊主じゃないか。おまえたち、本当に鬼なのかい」

大きな口のまわりを飯粒だらけにして、大口がにかりと笑った。

「わしらは草木の精を吸う鬼だ。いつもはうんと遠くの山奥に住んでいる。あの辺はいま時分でも涼しくて、暑さにうだることもねえ」

言われて婆は、なるほどと合点《がてん》した。この三人が傍《そば》にいると、涼風《りょうふう》が吹くかのように暑さが凌《しの》ぎやすく、かねがね不思議に思えていたからだ。

深緑《しんりょく》の山に分け入ったような、心地のいい香りもして、どうやらそう感じるのはお針婆だけではないようで、商いの途中でひと休みしていると、やたらと人が寄ってくる。おかげで日盛りを長く歩くこともなく、面白いように商いものがさばけた。

「見たい過去世は、出てこねえか？」

思い出したように、三人は時折たずねてきたが、そちらの方はやはり何も浮かばない。

三日月が満月に近いほど育った頃には、このままずっと三人と暮らすのも悪くないと、お針婆はそんなことを考えるようにさえなっていた。

ただ、日が経つにつれ、だんだんと鬼たちが元気をなくしていくようで、そればかりは気がかりだった。ことに大耳と大眼のふたりは、しだいに動きが鈍くなり、ほとんど口もきかなくなった。この二、三日は商いにも出ず、家で寝てばかりいる。

「飯だけはたらふく食っているのにねえ。ひょっとして、暑気あたりかい？」

針糸売りの道すがら心配そうに声をかけると、傍らの大口がやはり疲れた顔でこたえた。

「そうじゃね。人の形《なり》を保つのが、難しくなってんだ。こんなに長く人里にいるのは、初めてなものだから」

婆の飯のおかげで、どうにかもち堪《こた》えられていると、力ない笑みを浮かべた。

「だったら、鬼に戻ったらどうだい？　どうせあたしにしか見えないんだ。たとえ百鬼夜行にあるような姿でも、この歳になりゃ驚きやしないよ」

「そうもいかね。この姿でなけりゃ、過去見の術が使えねんだ。婆に過去世を見せるまで、わしらの役目は終わらねえ」

ふうん、と相槌《あいづち》を打ちながら、婆は少しばかり申し訳なく思った。

何か適当な出来事をえらんで、それを見せてもらい、三人を山へ帰してやるべきか。そんなことを、つらつらと考えはじめた矢先のことだった。

小鬼たちが来て十二日目の晩、おさわが何者かに殺された。


日が暮れてもお梅とおさわが戻ってこず、ふたりの親をはじめ、長屋の者たちが騒ぎはじめた頃だった。

「ひとまず手分けして、この辺りを探してみようじゃないか」

差配《さはい》が音頭をとって、皆が木戸を出ようとしたとき、外に小さな人影が立った。

「お梅！　お梅じゃないか！　いままで、どこにいたんだい」

お梅の両親が、あわてて駆け寄った。お梅はひとりきりで、おさわの姿はない。

「お梅ちゃん、おさわは、おさわは一緒じゃないのかい？」

おさわの母親が前にひざまずき、お梅の肩を揺さぶった。

何か言おうとしているが、どうしてもことばが出ないようだ。お梅は口をあけたまま、肩で息をしている。よほどのことがあったのだろう。提灯《ちょうちん》を向けられた小さな顔は色を失い、唇まで紫色になっていた。

「教えとくれ、おさわはどうしたんだい？　あんたたちは、いままでどこにいたんだい？」

お針婆は、親たちの背後から見守っていたが、ふいにあることに気がついた。このところ、お梅とおさわが毎日手にしていたものがある。それがどこにも見あたらない。

「お梅、おまえ、ひょっとして……いままで、川向こうの稲荷にいたんじゃないかい？」

悪夢から覚めたように、びくりとお梅が身をはずませた。提灯の火に炙《あぶ》られた白い顔が、お針婆へとゆっくりと向けられる。目が合ったとたん、噴き出すようにお梅の両眼から涙があふれた。

「おさわちゃんが！　おさわちゃんが！」

両手で顔をおおい、かくりと膝《ひざ》がくだけた。地面に崩《くず》れそうになるのを、おさわの母親が抱きとめる。

「きかせておくれ。おさわが、どうしたんだい！」

「……知らないおじさんに捕まって……池に投げられて……」

ふたりが遊んでいた、川向こうの稲荷の境内には池があった。

すぐに長屋の男たちが駆けつけて、鞠とともに池に浮いていたおさわを見つけたが、すでに息をしていなかった。

翌日から町役人がやってきて、差配ともどもお梅から仔細をきいた。

「もういっぺんきくぞ。日が暮れて、おまえたちが帰ろうとしていたときに、その男が境内に現れたんだな？」

「はい」

「どんなようすの男だった？」

「……歳は三十くらいで、背はうんと大きくて、怖い顔をしてました」

子供相手なものだから、役人は幾度もたずねたが、お梅のことばにはぶれがなく、毎度同じこたえをくり返す。間違いはなさそうだと、役人も判じたが、男の顔形の話になると、首を横にふるばかりだった。

「顔が真っ黒で、よく見えませんでした……」

お梅の話によれば、男が現れたときには、まだ暮れの光は残っていた。逆光で顔がわからなかったか、恐怖のあまり忘れてしまったか、どちらかだろうと思われた。

「これで四人目だが、とうとう死人が出てしまったか……なんとしても下手人を挙げねば、娘も成仏《じょうぶつ》できまい」

役人はそう息巻いて探索に力を入れたが、男の行方は杳《よう》として知れない。

おさわのふた親は、見る影もなく憔悴《しょうすい》し、長屋の者たちも慰《なぐさ》めのことばさえない。長屋中がすっぽりと黒い雲に覆いつくされたかのように、誰もが鬱々《うつうつ》とした日々を送っていた。

「何とか、ならないものかね」

木戸の脇にしゃがみ込み、ひとりでお手玉をしているお梅をながめ、お針婆はため息をついた。やはり辛いのだろう、あの日以来、お梅は鞠を手にしようとしなくなった。ひとりきりでぽつんとしているお梅の姿が、お針婆には哀れでならない。

「決めたよ。おまえたちに、見せてもらいたい過去世がある」

数日が経った頃、ついにお針婆は決心した。

「昔のいつがいいか、ようやく思い出したのか？」

お針婆に告げられると、畳に座り込んでいた小鬼は、うれしそうに大きな口をあけた。

「そうじゃない。おさわが死んだ、そのときのことを見せとくれ」

「過去世を見せてやれるのは、いっぺんきりだ。お針婆は、それでいいんだな？」

「せめて殺した相手くらい見つけてやらないと、おさわだって浮かばれまい。何より残されたお梅が、あまりに可哀相だ」

下手人を捕えたところで、おさわは戻ってこない。それでもお梅や皆の気持ちに少しでも張りを与える方途は、それより他に思いつかない。

「わかった、まかせろ。お針婆に、そいつを見せてやる」

大口が胸をたたいたとたん、座敷の隅で仰向けになって寝こけていたあとのふたりが、ぴょこんと起き上がった。まるで下手な操り師に糸を急に手繰られたように、腰から上だけを起こしたものだから、お針婆はぎょっとした。

だが、いつもの順に居並んだときには、それまで眠っていたのが嘘だったように、かっきりと目をあけてお針婆を見上げた。

「お針婆、念じろ」

「過去世が見たいと念じろ」

「おさわが死んだ、そのときを見たいと念じろ」

お針婆は目をつむり、胸の前で手を合わせた。とたんに耳の奥を何かでひっかかれたような音がして、足許が急に覚束《おぼつか》なくなった。日々、行商で鍛《きた》えてあるから、足腰だけは丈夫だ。どうにか両足を踏ん張って、倒れるのを堪えた。

「見ろ、婆。あれが婆の見たがっていたものだ」

声だけはするが姿は見えず、三人のうちの誰が言ったのかさえわからない。

「どこだい？　真っ暗で何も見えないよ」

「そのまま前の方に、ようく目を凝《こ》らせ。ほら、あれだ」

いつのまにか傍らに大眼の子供がいて、まっすぐ前を指さした。じっと凝視《ぎょうし》すると、その指の先にある闇がしだいに薄れ、まるで池の中から外を覗くように、丸くぽっかりと闇が開いた。

「見えた……お梅とおさわだ」

川向こうの稲荷社には、お針婆も時折足をはこぶ。粗末な木の鳥居の下から、ささやかな社《やしろ》まで、白い石が参道代わりに敷かれている。その見慣れた境内の内で、お梅とおさわは鞠をついていた。

つい数日前のこととは、とても思えない。のどかで平和な、あたりまえの景色。懐かしさに、思わず目がうるんだが、その切なさも長くは続かなかった。

悲劇はたちまちふたりを襲い、呑み込んでいった。やがておさわのからだは、鞠と一緒に池に浮き、その一部始終をお針婆は見ていた。

「……これは……どういうことだい」

口の中が、からからに乾いている。無理に絞り出した声は、己のものではないようだ。

「いまのは、おまえたちが見せた幻じゃ……」

「わしらは幻なぞ見せられね。あれは、真実《まこと》の出来事だ」

大口は、真顔でこちらを仰いでいる。いつのまにか、もとの長屋に戻っていたが、それさえ気に留めず、お針婆はふらふらと外に出た。

隣長屋を三軒越えると、木戸に出る。その脇に、お梅の姿があった。まるで十も老け込んでしまったように、お針婆はよろよろとお梅の傍《そば》へ行った。

「お梅……おまえ……」

後のことばが、どうしても続かない。崩れるように、お梅の前に膝をついた。

「お梅……あの日、お梅は、おさわと鞠で遊んでいたろう？　そのとき、何かあったんじゃないのかい？」

「だから、怖いおじさんが来て、おさわちゃんを……」

「そうじゃない……おさわとおまえは、喧嘩《けんか》をしたんじゃないのかい？」

お梅は一瞬きょとんとし、ゆっくりと首を横にふった。

「しないよ。おさわちゃんとは、喧嘩したためしが、いっぺんだってないもの」

「お梅……」

筋張った両の手で、小さな両手を握りしめた。お梅の手の中のお手玉が、じゃり、と耳障りな音を立てた。

「怒らないから、本当のことを話してごらん。あの日おまえたちは、鞠のとり合いで、言い争いをしたはずだ」

過去見の術では、声も音もきこえない。それでもふたりの諍《いさか》いのもとは、察しがついた。

かわるがわる鞠をつき、つまずいたら相手に渡す。ふたりはそう決めて、交替で鞠をついていた。だが、おさわはお梅よりずっとうまく、三十でも四十でもいくらでも長くついていられる。対してお梅はいつまでたっても上達せず、十ほどでいつも終わってしまう。

もともと鞠は、お梅のものだ。鞠を手にするあいだがずっと短いことが、お梅には我慢がならなかったのだろう。お梅が先に文句をつけて、おさわも譲《ゆず》ろうとしなかった。

やがては鞠の奪い合いになり、その拍子に鞠はふたりの手を離れ、池に落ちた。あわてて池の端にしゃがみ込み、木の枝を伸ばしてみたりしたが、鞠はゆっくりと池の真ん中へと流れていき、そこで止まった。そう広くはない池だが、大人が長竿《さお》をさしかけても届きそうにない。

大事な鞠を失ったのは、おさわのせいだ――。

お梅の怒りが、爆発した。

『池にはいって、鞠をとってきて！ とってくるまで、許してあげない！』

池を指さし、命じるお梅の声がきこえるようだった。真夏のこの時期は、池の底は藻《も》や水草に覆いつくされている。池にはいったおさわは、たちまち足をとられた。水面に顔を出してしばらくもがいていたが、やがて力尽き、水底に沈んでいった。

岸辺に座り込んでいたお梅と同じに、お針婆もまた、なす術もなくおさわのからだが沈むのを、震えながら見詰めていた。

「鞠のとり合いをして、鞠が池に落ちた……それを取ろうとして、おさわは池に沈んだんだろう？」

お梅が命じたとは、どうしても口にできなかった。お梅の目が、わずかに見開かれ、だが、それだけだった。幼い顔には、怯《おび》えも恐れも浮かんではこない。

「鞠のとり合いなんて、してないよ。鞠はおさわちゃんが持っていて……男の人がおさわちゃんを池に投げたとき、鞠も一緒に落ちたんだもの」

お針婆をまっすぐに見て、お梅は淀《よど》みなく語った。その目も語り口調も、嘘をついているようにはとても思えない。

「その子は、忘れの呪文《じゅもん》を使ったんだ」

ふり向くと、口の大きな鬼が傍《かたわ》らに立っていた。

「己の犯した罪を抱えきれなくて、別の者のせいにした。その嘘をくり返しくり返し語るうちに、いつしか本当のことのように、信じ込んじまったんだ」

役人は二日に一度はお梅のもとを訪ねてきて、男について思い出したことはないかと確かめたが、お梅はただ同じこたえをくり返した。

「そんな……お梅……」

茫然《ぼうぜん》として、お針婆はお梅を見詰めた。

お梅はやはり、不思議そうな顔でこちらを見返すばかりだ。やがて母親が、長屋の戸口から娘を呼んだ。お梅は、はあいと返事して、ぱたぱたと草履を鳴らしながら、家へと戻っていった。

「あの子は本当に、すべて忘れちまったのかい？」

立ち上がることさえできず、木戸口にしゃがみ込む婆の背に、小さな手が添えられた。

「忘れないと、お梅はこの先、生きていけないんだろ。忘れの呪文は、そういう弱い者が使うんだ」

「弱い者が、生きていくため……」

「お針婆も、同じ呪文を使ったことがあるはずだ」

「あたしが？」

小鬼は大きな口を引き結んで、うなずいた。

「思い出してくれ、お針婆。遠い昔、あの子と同じ過ちを、お針婆も犯したんだ」

「おまえ、いったい、何を……」

「そして、やっぱり同じに、忘れの呪文を使ったんだ」

皺を押し上げるようにして、婆の目が大きく見開かれた。

頭の中に強い光が明滅し、それがやがて奔流《ほんりゅう》のように、からだ中を駆けめぐった。

「……おせん、ちゃん……」

腰が抜けたように、お針婆の尻が、ぺたりと地に落ちた。

「あたしが……おせんちゃんを、死なせたんだ……」

遠い昔に封じ込めた一切を、お針婆ははっきりと思い出した。

親に手鞠を買ってもらって、仲良しのおせんと遊んでいたが、途中で鞠のとり合いになった。そして手を離れた鞠は、屋根の上までとんで樋《とい》に引っかかった。

『鞠をとって来るまで、もうおせんちゃんとは口をきかない！』

そう叫んだ己の声が、耳の中にこだまする。

そのまま家に帰ってしまい、おせんが屋根から落ちて死んだのは、それからすぐ後のことだった。梯子《はしご》の下敷きになったおせんの亡骸《なきがら》は、鞠をしっかり抱いていた。

お梅とおさわの諍いと、恐ろしいほどよく似ていた。

「あんなひどい死なせ方をして、どうしていままで忘れていたんだろう！」

お針婆は、思わず両手で顔を覆った。慰《なぐさ》めるように、小さな手が背中を撫《な》でる。

「大の大人でも、忘れの呪文はよく使うんだ。小さい時分なら、仕方のねえことなんだ」

「どうしよう……許してくれなんて、とても言えない。教えとくれ、あたしはいったい、どう償えばいいんだい」

すがるように小鬼に訴え、だがそのとき、ぽん、とお針婆の口から、人の目には見えない黒い塊《かたまり》がとび出した。

とたんに目の前にあった小さな鬼の姿が、煙のようにかき消えた。

「ちょいと、どこに行っちまったんだい！　おまえまで、あたしを見捨てるつもりかい」

「案じることはね。お針婆は、もう大丈夫だ」

目には映らないが、傍らから確かに声がする。婆はきょろきょろと、その姿を探した。

「お針婆の気持ちが澄んだから、だからわしらの姿が見えなくなった。そういうことだ」

「そんな……おまえたちとは、もうこれきりなのかい？」

「あのお梅という娘を、気にかけてやってくれ。同じ罪を背負ったあの子が、婆のもとに運ばれた。因果はそうして巡るものだ」

お梅を大事にしてやることが、おせんへの供養《くよう》になる。お針婆には、そうきこえた。

「ありがとうな、お針婆。婆の飯は、本当に旨かった」

それきり声は途切れ、まるで小鬼をさらうように、黒いつむじ風が吹き過ぎた。

＊＊＊

「ちっ、やっぱり起きねえか」

赤いからだに緑の髪。もとの姿に戻っても、小鬼はまぶたを閉じたままだ。黒鬼は舌打ちし、握られたままの小鬼の右手を開かせた。真っ黒い丸薬《がんやく》のような、鬼の芽があった。

「こいつはまた、恐ろしく硬《かて》え代物《しろもの》だな。さすがに年季が入っているだけはある」

黒鬼は苦労して、錫杖《しゃくじょう》の先にある飾り紐《ひも》に、どうにか新しい鬼の芽を通した。

「もう、かれこれ九百年も、こんなことを続けているんだ。そろそろガタが来てもおかしかねえ」

閉じた小鬼の目の下は、へこんでいるように隈《くま》が浮き、からだからは生気がまるで感じられない。

「こいつがどうなろうと、天上人《てんじょうびと》は知ったこっちゃないということか……まあ、そうだろうな、これはおれたちに科せられた、罰だからな」

黒鬼は、九百年前のことを思い返した。鬼にとっては、昔といえるほど遠くはない。

『民《たみ》のために、過去見の術を使ってほしい』

山をいくつも越えて、そう頼んだ小鬼は、女の子を連れていた。

過去見の術は、天上人のためのものだ。力の強い鬼だけが操ることのできる技だが、天上人の許しなく使うことは固く禁じられている。

ましてや人なぞに過去世を見せられるはずがなかろうと、黒鬼は相手にしなかったが、つい欲に負けたのが、思えば運の尽きだった。

「あと百年、こいつのからだがもつかどうか」

赤いからだを片手に抱え、黒いつむじ風は、小鬼の塒《ねぐら》である遠い山を目指した。

隻腕の鬼

恐れは呪いとなりて人を縛り
人は逃れんがために神にすがる
社《やしろ》を設け　堂を建て　形代《かたしろ》が前に額衝《ぬかず》かん
なれど　人を救うは神にあらず
恐れを払うは畏《おそ》れにあらず
虞《おそれ》　すなわち慮《おもんぱか》りこそが　唯一恐れを遠ざけん

＊＊＊

——こんな馬鹿なことがあるものか！
畦道《あぜみち》を行きながら、駒三《こまぞう》はただそれだけを胸の中でくり返した。

肩を怒らせ、目をぎらぎらさせて、雪に埋もれた田畑を親の仇《かたき》のようににらみつける。

家には女房と娘が待っていたが、その粗末な藁葺《わらぶき》屋根も素通りし、ただずんずんと足を前にはこぶ。隣の家を行き過ぎたとき、呼び止める声があった。

「おおい、駒三。どこへ行くだぁ。庄屋さんとこの寄合《よりあい》は済んだのかぁ」

隣の家の幼なじみの、金次《きんじ》だった。家の前から呼ばわっているが、腹に力が入らぬのだろう。たちまち風にちぎれてしまいそうな、か細い声だ。

「うるせえ！　庄屋だの寄合だの、おれの前で二度と口にするな！」

雪を巻き上げて吹く風を、斬《き》り裂かんばかりの勢いで怒鳴った。金次はぽかりと口をあけ、その間抜けな顔をひとたびにらみつけると、駒三はまたずんずんと先へ行く。

「駒三、その先は鬼神《おにがみ》さまの杜《もり》だぞ。もうすぐ日暮れだ、近づくと祟《たた》られるぞぉ」

「そんなことは承知の上よ。おれはこれから、祟られに行くんだ！」

「何だって、きこえんぞぉ」

金次の声は、だいぶ遠くなっている。駒三は足を止め、くるりとふり返ると、あらん限りの声で叫んだ。

「おれは今日から鬼になる！　鬼になってこの郷中《さとじゅう》を暴れまわってやるからな！」

また踵《きびす》を返し、鬱蒼《うっそう》と茂った林を目指した。

金次からの返事は届かなかった。

昼なお暗い雫井《しずくい》の杜は、夕方ともなれば足許《あしもと》さえ覚束《おぼつか》ない。だが、子供の頃から馴染んだ駒三は、目をつぶっていても歩くことができる。しばらく行くと道の先がひらけ、その真ん中に堂があった。

雫井神社は、この雫井の郷《さと》でただひとつの社だ。けれど誰もその名で呼ぶ者はいない。鳥居はなく、御神体《ごしんたい》をはばかって建てられることがなかったときく。神主《かんぬし》もおらず、いつ来てもここだけ人里と切り離されてでもいるように、ひっそりかんとしている。それでも郷の者が手入れを欠かさぬから、堂はきれいに浄《きよ》められ、供物《くもつ》が途切れることもなかった。

しかしいまは、誰もそんな余裕がないのだろう。郷でいちばん背丈がある駒三よりも、わずかに大きな堂は、雪にすっぽりと埋もれたまま寒そうに凍《こご》えていた。

駒三は堂を掘り起こすようにして雪をどかし、首に巻いていた手拭《てぬぐい》でざっと払った。

堂の扉は、ぴたりと閉じられている。その前に両膝《ひざ》をつき、手を合わせた。

「鬼神さま、お願いしやす。どうかおれを、鬼神さまと同じ鬼にして下せえ」

目をつぶり頭を垂れて、一心に祈った。

「おふくを守るには、もうそれしかねえんです。お願いです。お願いします」

雪の冷たさが薄い木綿を通して、肉の削《そ》げた両膝に忍びよる。膝が凍えて感じがしなくなっても、ただひたすらに祈り続けた。

どれくらいそうしていたろうか、ふいに背中で声がした。

「どうして、鬼になりてんだ」

ひどく幼い声だった。ふり向くと、三人の子供が立っていた。

人の気配も足音も、まるでしなかったはずだ。いったいいつのまに、と駒三は、しきりに目をしばたたかせた。

この辺では見かけたことがない子供たちだ。ばさばさの髪は肩まで下がり、夏から一足とびに駆けてきたように、この寒空に裾《すそ》の短い着物一枚の格好だった。

だが、ここ数年は、こんな身なりは雫井の郷でもめずらしくはなくなった。皆、食べるのに精一杯で、とても身なりなど構ってはいられないからだ。

おそらく同様に食いはぐれ、どこかから流れてきた子供だろうと駒三は了見《りょうけん》した。

「おまえたちは、兄弟か？　どこから来たんだ」

曇天《どんてん》でわからないが、そろそろ日没の時分だ。辺《あた》りはいっそう暗さを増していたが、辛うじて顔が見分けられる。

広い額が前に突き出して、そのためにひどく奇妙な顔つきに見える。風体と額だけは三人ともに似ていたが、よく見ると顔の造作はまるで違う。右の子は耳だけがにょっきりととび出しており、左の子は目ばかりぎょろりとして、まん中の子供は、やたらと口が大きい。

その大きな口が、ぱかりと開いて言った。

「わしらは過去見《かこみ》だ。過去見の鬼だ」

かこみという耳慣れぬ言葉は素通りし、「鬼」だけが駒三の頭に残った。

子供の戯言《たわごと》だと疑うことさえせず、駒三は噛《か》みつくような勢いで身を乗り出した。

「鬼神さまか……この杜におられる、鬼神さまでございますか!」

「鬼神じゃね。過去見の鬼だ」と、素っ気なく大口が告げる。

「このお社にいらっしゃる、鬼神さまではないのか?」

「ここには鬼神なぞいね」

「そんなはずはない!」

駒三は思わず立ち上がった。からだがぐらりと傾きそうになったのは、凍えて痺れた足のせいではない。力の入らない膝を両手で支え、まん中の大口の子供に顔を近寄せる。

「この雫井の郷には、鬼神さまの言い伝えがある。千年も前の話だそうだが、たしかに鬼が出て、凶作に喘《あえ》ぐこの郷を、救ってくださったと伝えられている」

鳥居を立てぬのも、もともと神ではない鬼神さまが厭《いと》うからだ。神主を置かぬのも、鬼神さまの眠りを妨げぬためだ。雫井の郷をふたたび助けに来てくれるまで、この堂の下で鬼神さまは眠り続けている。

この郷の者なら誰もが知っている伝説を、駒三は子供に語りきかせた。

「ただの夢物語とは違う。この堂にはたしかに、御神体の鬼の腕が祀《まつ》られているからな」

「鬼の腕？」と、大口は駒三を仰いだ。

「そうだ。この鬼神神社に祀られているのは、隻腕《せきわん》の鬼だ」

雫井の郷を守ってくれたときに、鬼は右腕を斬られた。千年前の雫井の民は、それを有難がって、御神体としてその腕をここに安置《あんち》した。

駒三が語り終えると、大口はひどく考え深げな顔をした。そして傍《かたわ》らの目の大きな子供の肩に手をかけて、その向きをくるりと堂の方に変えた。

さっきから、大口より他のふたりは、ひと言もしゃべらない。生きていることさえ危《あや》ぶまれるように、ぼんやりとうなだれたままだ。

「そっちのふたりは、大丈夫か。ひどく加減が悪そうだが」

駒三が心配そうに覗《のぞ》き込むと、ああ、と大口は薄い笑いを見せた。よく見れば大口の子も、やはりげっそりと疲れた顔をしている。

「案じることはね。ただの旅疲れだ。ここまでずいぶん長い旅をしてきたからな。けれど、それももうすぐ終わる」

言って子供は、ふたたび目の大きな子供の肩に手を置いて、そのからだを元に戻した。

「やっぱりこの堂には鬼などいね。中にあるのは、造り物の腕だ」

「そんな馬鹿な！」

「いま、こいつが見たから間違いはね」

天眼通《てんがんつう》でもあるのだろうか。鬼と名乗る子供は、きっぱりと告げた。

「……やっぱり、ただの昔話に過ぎなかったのか。鬼神さまは、雫井を救うては下さらんのか。おふくを助けることは、できねえってのか」

今度こそからだ中から力が抜けて、駒三は地面にぺたりと座り込んだ。

しかし子供は、意外なことを口にした。

「その鬼神とやらが嘘か真《まこと》か、確かめればいいでねえか」

「確かめる？」

「言ったろ、わしらは過去見だ。おまえに過去世《かこぜ》を見せにきた」

駒三は、子供の言ったことを、口の中でころがしてみた。

「過去世を、見られる……それなら、鬼神さまが出た千年前も見られるのか！」

「わしらは過去見の鬼だからな。千年でも万年でも、ひとっとびだ」

「頼む！　おれに鬼神さまを見せてくれ！　千年前に連れていってくれ！」

駒三は、雪の地面をにじり寄り、小さな鬼に頼み込んだ。

「千年前に行けるわけじゃねんだが、まあいいか。似たようなものだ」

大口はにかりとしたが、すぐに申し訳なさそうに頭をかいた。

「すまね。何か食わしてはもらえんか。日頃は人の食いものは口にしねんだが、過去見の術を使うときだけ、弾《はず》みをつけねばならね」

そのために必要だと、小鬼はふたりの仲間をふり向いた。しかし駒三は、がくりと肩を落とした。

「すまん……食いものは、ない」

「握り飯ひとつでもいい。何かねえか？」

「握り飯なぞ、おれたちはもう何年も食ってねえ。この郷にはもう、ひと粒の米もない。麦や稗《ひえ》さえ、冬を越すには足りねえんだ」

小鬼はびっくりしたように、大きな口の上の小さな目を広げた。

「三年も続くなんて、こんなひどい凶作《きょうさく》は初めてだ。もう、次の春に蒔《ま》く種籾《たねもみ》さえ、残ってねえ」

この北国では、たびたび凶作に見舞われる。その大本《おおもと》は、夏の寒さのせいだった。太陽が何日も顔を出さず、そして何より厄介なのは北東《うしとら》の風だ。この冷たい風が、稲をみんな駄目にする。

しかしそれが三年も打ち続くなぞ、まさに何かの祟りとしか思えぬような天災だった。

飢饉《ききん》はまたたく間に広がって、国中が米不足に喘《あえ》いでいるときく。しかしこの雫井の郷は、もっとも飢饉の害がひどい在のひとつだ。駒三の両親も、去年の冬が越えられず、相次いで亡くなった。郷中がこれほど飢えているというのに、例年の四分ほどしかとれぬ米は、ほとんど年貢にとられてしまった。

それだけでも腸《はらわた》が煮えくり返る思いがしたが、郷の顔役たちは、さらにとんでもないことを言い出した。死んだ父親がやはり顔役のひとりだったから、駒三も今日の寄合に顔を出した。そのときの庄屋の言葉を思い出し、ぎりと音がするほどに歯を食いしばった。

「このままでは、村中の者がのたれ死ぬ。何か手を打たねばならないと、庄屋は言った。もう一揆《いっき》を起こすしかないと、おれはまず訴えた」

「いっきって何だ？」

「郷の者皆で立ち上がり、米を返せと代官所に迫るんだ」

「そこには米があるのか？」

「ある。今年もお天道《てんと》さまがおかしくて、年貢を納めてすぐに大雪が降った。だから年貢でさし出した米は、まだ江戸に運ばれてねえ。代官所の蔵には、米俵があるはずなんだ」

しかし誰も、駒三に賛同する者はいなかった。三年続いた飢饉は、郷の者の生気を根こそぎ奪いとっていた。誰もが武器を手にするどころか、声を上げる元気さえないのだ。

そしてあろうことか、その代わりに耳を疑う策を持ち出した。

「あいつらは、働き手にならねえ年寄りと子供を、山に捨てろと言ったんだぞ！」

それまで疲れたようすで、どこか生気に欠けていた小鬼が、頰を叩かれでもしたようにはっとなった。

「おふくは、おれの娘は……去年生まれたばかりなんだ。十二年も待って、やっとできた娘を、捨てられるはずがねえだろうが！」

ずっと子宝に恵まれなくて、諦《あきら》めていた矢先にようやく授かった。駒三夫婦にとってはまさに宝だ。それをとり上げれば、女房も生きてはいないだろう。それでも顔役のひとりとして、郷の決め事を違《たが》えるわけにはいかない。駒三は腹立ち紛れに寄合衆を面罵《めんば》して、庄屋の家をとび出した。

どこにも持って行き場のない怒りを持てあまし、この鬼神神社まで引きずってきた。娘を死なすくらいなら、己が鬼になる方がまだましだ。どうか鬼に変えてほしいと、ただただそう願った。

駒三の声が絶えると、妙に森閑《しんかん》とした静けさが覆った。やがて小鬼が、ぽつりと言った。

「本当に、千年経っても何も変わらね。民《たみ》はやっぱり、同じことで苦しんでんだな」

何の話かは駒三にはわからなかったが、驚いたことに、小鬼は大きく鼻をすすった。

「鬼も、泣くのか？」

「もとは、泣いたりしなかった。わしらのからだには、涙なぞねえと思ってた」

駒三が、半ば不思議な思いでながめていると、小鬼はごしごしと目を袖《そで》で拭《ぬぐ》った。

「仕方ね。食いものはおれがどうにかする」

「どうにかって……雪を舐《な》めるくらいしかできねえぞ」駒三は言ったが、

「わしらはもともと、草木の精を吸う鬼だ。木ならここにいくらでもある」

小鬼は堂のまわりの木立を、ぐるりと見渡した。辺りはすっかり暗くなり、月も出てはいなかったが、灯《あか》りに乏《とぼ》しい土地で育ったから、駒三もそこそこ夜目はきく。

木が倒れても堂を潰《つぶ》さぬよう、広く拓《ひら》いた土地の中程に堂は建てられた。堂の背後を守るように、ひときわ立派な杉の木がすっくと立っていて、小鬼は堂をまわってその木のところへ行った。

太い幹に、両手と額を当てる。かくれんぼで十数えている子供のようだが、木に向かって一心に祈っているようにも見える。

やがて駒三のところに戻ってきた小鬼は、本当に何かを食べてでもいるように口の中をもぐもぐさせていた。そしてちょうど握り飯ほどの、丸いものをふたつ両手の上に吐き出した。濃い緑色の、苔《こけ》のかたまりのような代物《しろもの》だ。はっきりとそう見えたのは、暗い洞窟《どうくつ》の中の光苔のように、その玉が淡い光を発していたからだ。

「ほれ、食え」

　ふたり並んだ仲間の口許に、苔玉をそれぞれ持っていく。大口は「食え」と言ったが、まるで吸い込まれるようにして、それは大耳と大眼《おおまなこ》の口の中に消えた。

　とたんにうつむいていたふたりが、ぱっと同時に顔を上げた。

「わしらは過去見だ」

「過去見の鬼じゃ」

「それはもう言った」と、大口が苦言を呈する。「あとは千年分とんで、過去世を見せるだけだ」

「千年は遠いな。うんと遠くへとばねえと」

　右の子供が大きな耳をぴくりとさせ、

「うん、千年は遠い。うんと遠くからながめねえと」

　左の方は目玉をくるりと回した。

「文句を言うな。行くぞ」

　大口はそう促《うなが》したが、ふたりはじいっと駒三を見上げるばかりだ。

「誰だ？」と大耳がたずね、

「知らね、誰だ？」と大眼も続く。

「あ、名をたずねるのを忘れてた」大口が大きな口をあけた。

駒三が改めて名乗ると、並んだ三人が一緒に首をうなずかせた。

「駒三、念じろ」

「駒三の見たい過去世を念じろ」

「この郷に鬼が出た、千年前のその日その時を見たいと念じろ」

小鬼が右から左へそう叫び、駒三は額の前で、ぱん、と両手を合わせた。

――頼む。鬼神さまを見せてくれ。この郷を救ってくれた、隻腕の鬼をおれに拝《おが》ませてくれ！

胸の内でそう乞《こ》うたとき、ふり上げた鍬《くわ》が硬いものにぶつかったような、きん、と高い音が耳に届いた。足の下の雪が、急に嵩《かさ》を増したように、ふいに足許が覚束《おぼつか》なくなる。

必死に堪えていると、「着いたぞ、駒三」と声がした。

おそるおそる目を開けると、鬼神の堂も林も一切が消えて、ただ真っ暗な闇の中に、駒三は放り出されていた。

「おい……どこだ、過去見の鬼……どこにいる？」

己の声が、震えている。月のない真夜中よりまだ暗い。底なしの深淵は、思いのほか駒三に恐怖を与えた。

「駒三、わしらはここじゃ」

声のする方をふり返ると、三人の小鬼は、駒三のすぐ傍らに立っていた。

「あれが、鬼神さまだと？」

大眼が示す指の先に目を凝《こ》らすと、やがて黒い霞《かすみ》を払ったように闇が薄れた。まるで丸い大鏡から外を覗いているかのようだが、そこに映し出されていたのは意外なものだった。

「あれは……おれたちと同じ、ただの百姓でねえか」

鬼でもなければ、両腕もちゃんとある。拍子抜けする思いで、駒三はぽかりと口をあけた。

「おめえたちの、思い違いじゃねえのか」

いや、と大口は、ひどく真剣な面持ちで、鏡の中の男に目を据える。

男は駒三と同じ歳格好で、他の者より頭ひとつ抜きん出た上背も、やはり似ているように思えた。

「間違いなんぞじゃね。あの男は、身内に鬼の芽《め》を宿してる」

「鬼の芽？　いったい、何のことだ」

「無垢《むく》な心のままに罪を犯すと、ときに鬼の芽を生じる。天女さまはそう言っていた」

思わず、娘のおふくが駒三の頭に浮かんだ。

「無垢な者なら、罪なぞ犯しようがねえんじゃねえか？」

「おれにも、そこはよくわからね」

鬼と人では、善悪の判断が違うのだと小鬼は言った。

「ただ、あの男に鬼の芽があるなら、おそらくはもっと若い頃に、己が罪だと思える何かを犯したんだ」

小鬼が語るあいだにも、大鏡の中の時は、するすると流れていく。身なりや暮らしぶりは昔のものなのだろうが、そこに映る雫井の郷は、まさに鏡で写しとったように、いまの有様と酷似《こくじ》していた。

打ち続く飢饉、飢え衰える百姓たち。男の子供たちは、次々と弱り果て死んでゆく。子の亡骸《なきがら》を抱え、茫然《ぼうぜん》とする男のもとに、郷の者たちがやってくる。いまの百姓は、鍬と鋤《すき》しか持たせてはもらえないが、千年前はそうではなかったようだ。誰もがその手に、粗末な刀や槍《やり》を握っている。そして男が手にしたのは、大きな斧《おの》だった。一揆を起こすつもりなのだろう。大勢の郷の男たちが、ぞろぞろと畦道を行く。その中ほどにあの男が見えて、駒三は思わずごくりと唾《つば》を呑んだ。その頃にはすでに、男の顔つきが変わっていた。

まわりの誰もが、肩を怒らせ目を血走らせている。なのにその男だけは、うっすらと笑っているのだった。底なしに昏《くら》い瞳と、いまにも大声で笑い出しそうなほどに広がった口許が、どうにもちぐはぐで、得体《えたい》の知れない恐怖が、駒三の背にぞくりぞくりと走る。

やがて領主の屋敷に辿《たど》り着くと、その門前で、男たちはいっせいに騒ぎ立てた。過去見の術では、音は届かぬようだ。しかしきこえずとも、百姓たちの怒声は駒三の耳許ではっきりとこだました。

姿はいまとだいぶ違うが、おそらくは侍のたぐいだろう。屋敷を守る番方がすぐさま駆けつけ、追い返そうと脅《おど》しにかかる。そのとき百姓のかたまりを割って、あの男が前に出た。

ずいと一歩踏み出して、右手の斧がふり上がる。寸分《すんぶん》の躊躇《ちゅうちょ》も迷いもなかった。相手が刀を構える間もなく、男の斧はその眉間《みけん》を割っていた。大量の血しぶきが、赤い雨のように降り注ぎ、斧を握った男の顔を真っ赤に濡《ぬ》らす。その口許は、さっきよりさらに大きく横に裂けている。

あまりに凄惨《せいさん》な光景に、番方はもちろん郷の者たちも、目と口をぽっかりとあけている。額を割られた侍が、仰向けに倒れ伏すのも待たず、男の斧はふたたびふり上げられた。

音は届いていないのに、右に左に打ちふられる斧の唸《うな》りがきこえるようだ。その狂気に満ちた姿は、誰をも震え上がらせた。及び腰で後ずさり、あるいは逃げ出そうとする番衆の首や背に、容赦《ようしゃ》なく斧が叩きつけられる。そればかりではなかった。番方が片付くと、男はゆっくりと後ろをふり向いた。

頭から血の滝を浴びたように、顔も着物もべったりと赤い飛沫《しぶき》に彩《いろど》られ、髪の先からは、ぽたぽたと雫がしたたり落ちる。その凄まじい姿に、身の危うさを感じたのだろう。仲間であった百姓たちが、蜘蛛《くも》の子を散らすようにたちまち逃げ出した。しかし前にいた男ふたりがまにあわず、やはり男の手にかかり背を裂かれた。

「……これが、鬼神さまだというのか……」

先刻から、からだの震えが止まらない。どうにかそれだけ絞り出した。

「神なんぞじゃね。人鬼だ」

「ひと、おに？」と、大口の子供をふり返る。

「鬼の芽が弾《はじ》けると、人は鬼に変じる。それが人鬼だ。ほら、額《ひたい》のところにその証《あか》しがある」

言われて駒三は、目を凝らした。郷の者たちが消え失せると、男はまた向きを変え、今度は閉ざされた門扉《もんぴ》に斧をふり下ろした。その横顔に、あっ、と駒三は声をあげた。

「角だ……あいつの額に、角が生えている」

男の両の眉の上辺りから、二本の角が突き出して、上に向かってゆるく弧を描いている。

「額の二本の角は、人鬼の印だ。わしらのような鬼とは、まるきり違う別のものだ。ただ人だけを憎み呪い、見境なく命を奪う。古から人に仇《あだ》をなし、恐れられてきた鬼は、すべてあの人鬼だ」

人を食らう悪鬼を、羅刹《らせつ》という。いつだったか雫井寺の慈泉《じせん》和尚からそうきいた。ほんの数刻前まで、たしかに己と同じただの百姓だった男は、いまやその羅刹に変化《へんげ》していた。

鬼となった男は、すでに門を破り、塀の内へと踏み込んでいた。そして屋敷の庭には、さらに多くの番衆が待ち構えていた。三人が束《たば》になっていっせいに斬りかかったが、血まみれの斧がこれを退ける。しかしそのとき、背後から大柄な影が迫った。身の丈も目方も、とび抜けて大きな巨漢だった。その番方の大太刀が、斧をふり上げた腕へと走る。刀の技に、すぐれた者に違いない。斧と一緒にその右腕が、まるで切った大根のごとくからだから離れ、地面にごろりところがった。

やった！　周囲の番衆の快哉《かいさい》が、きこえるようだ。しかし斬られた男は、驚くことも叫ぶこともない。肩と肘のまん中辺りから、びゅうびゅうと血を噴き出しながら、ただ黙って落ちた己の腕をながめている。そしてやおら腰を屈めると残った左腕を伸ばし、開いた右手の上にある斧をむんずとつかんだ。

先程の巨漢が、あわてて二度目の太刀を見舞おうとしたが、わずかに遅かった。大きく横に弧を描いた斧は、その逞《たくま》しい胴を、上下に斬り離していた。びっくりした顔のまま、上の半身はどさりと落ちて、切り口からはまるで、噴泉のように盛大に血が噴き上げる。

目の前にいる者は、すでに人ではないと、今度こそ番衆たちは理解したようだ。顔色を変えて、屋敷の内へ、あるいは塀の外へと一目散に逃げを打つ。

鬼はいっこうに気にするふうもなく、縁から屋敷に上がり、ずんずんと奥へと入っていく。屋敷の内でも、出会い頭に斬りつけられたり、正気を失った者が突っかかってきたりと、鬼のからだの傷はどんどん増えていく。だがそれすら頓着することもなく、前に塞《ふさ》がる邪魔者をどかし、奥へと進む。

「……鬼とは、不死身なのか。痛みすら、感じねえのか？」

「あいつの魂は、根こそぎ鬼の芽に食われちまった。魂がねえと痛みも感じねえし、人のからだのままで、あんな馬鹿みてえな力が出る」

「人のからだのままだと？　まさか……」

「からだはただ人《びと》と同じだ。我を忘れて、一生分の力を一気に使っちまうようなもんだ」

「火事場の馬鹿力ということか？」

「よくわからんが、たぶんそれだ。だから決して不死身なんぞじゃね」

「だが……現にあの男の額には、角があるじゃねえか」

「あの場の誰にも、あの角は見えてね。ただ人には見えねんだ」

稀《まれ》にひどく勘のいい者の目には映ることがあり、あるいは法師や修験者など、修行を積んだ者たちも同様だと、大きな口で小鬼は説いた。絵草紙や物語にある鬼も、そのような者たちが残したものかもしれないと、ふと駒三は考えた。

「おれに見えるのは、おまえたちの神通力のためか？」

違う、と子供のような鬼は、痛ましそうに駒三を仰いだ。

「駒三にあの角が見えるのは、駒三の中にも鬼の芽があるからだ」

え、と口をあいたきり、一瞬ぼんやりした。意味を悟ったとたん、ふいにからだを突き抜けた恐怖に、駒三は慄《おのの》いた。

「おれの中に、鬼の芽が……あのような化物に変じる種が、眠っているというのか？　まさか、そんな……」

「本当だ。わしらの姿が見えることが、何よりの証しだ。ただ人なら、決して見えぬはずだ」

そのときだけは、しばし大きな口を閉じ、小鬼は痛ましげな眼差《まなざ》しを向けた。

「前世からの鬼の芽だ。駒三は悪くね。けど、このままでいたら、駒三の鬼の芽もほどなく弾ける」

娘や女房を失えば、その怒りや悲しみで、きっと鬼の芽は弾け、駒三の魂を呑み込んでしまう。過去見の鬼は、そうも言った。

「どうすればいい……どうしたらおれは、人のままでいられる？　おふくも女房も、何もかも諦めればいいのか」

「どうしたらいいかは、おれにもわからね。けど諦めてはいけね。それだけはわかる」

諦めて投げやりになった魂は、鬼の芽にとっては格好の餌《えさ》だ。いっそう楽に食われてしまうという。

駒三は己の着物の胸の辺りを、ぎゅっとつかんだ。

そこにある鬼の芽が、どくん、といまにも脈打つのではないか。そんな不安が込み上げて、駒三の背を冷たい汗がたらりと流れる。

「鬼の芽の力は、それぱかりではねんだ」

追い打ちをかけるように、小鬼の声が響いた。芽吹《めぶ》いた鬼の芽は、次の新たな諍《いさか》いの種を蒔く。怨《うら》みが次の争いの火種となり、報復の連鎖はどこまでも続き、乱を呼び、いずれは戦を招く。長い長いあいだ、途方もない人死にを出し続ける。

鬼の子供の言い草が、決して大げさではないことは、駒三にもわかる。屋敷に住まう領主や家臣にも、縁者はいよう。残った雫井の民に、その矛先《ほこさき》を向けようとする者が必ずいる。害を被るのは、おそらく雫井だけに留まらない。周辺の領主が疑心暗鬼にとりつかれ、領民への締めつけを厳しくし、逆に小作の怨みを買うかもしれない。

いまの雫井には、決して蒔いてはいけない種だ。巻き込まれるのは鬼と化す自身ではなく、可愛いおふくや女房だ。

何故、鬼神神社が建てられたか。駒三はようやく合点がいく思いがした。

多くの血が流れた後に、その者たちの霊を弔《とむら》うために、あの堂は建てられたのだろう。造り物の鬼の腕を拵《こしら》えて御神体とし、鬼を神とあがめたのも、二度とこの世に現れぬようにとの願いを込めてのことだ。

「同じ過ちだけは、二度と犯しちゃならねえ。千年分の郷の者の祈りが無駄になる」

知らずに、呟《つぶや》いていた。

大鏡の中の鬼は、ついに屋敷のもっとも奥深い場所に辿り着いた。領主か豪族か、屋敷の主は腰を抜かし、必死で命乞いをしているようだ。しかし人鬼は、やはりためらうことなく斧を振るった。屋敷の主が血だまりに倒れ伏し、それと同時に人鬼も動きを止めた。

総身を赤黒い血で染め上げ、仰向けに倒れたその姿は、隻腕の鬼そのものだった。

＊

気づけば、もとの雫井神社の前に戻っていて、三人の小鬼の姿はなかった。

茫然自失の体《てい》で家に戻り、駒三はその夜、ひと晩中寝ずに考えた。そうして朝になると、雫井の二里先にある町で、荷をあつかう店の者にあることを確かめた。

郷に帰った駒三は、まず隣の家の金次を訪ねた。

「馬鹿なことを抜かすな。おれがおめえに、そんなひでえ真似できるはずがなかろうが！」

駒三の話をきくと、金次はだいぶ頰のへこんだ丸顔を、真っ赤にして怒鳴りつけた。

「雪がやんで三日経った。蔵にある米は、明日の昼前には代官所を出ると、町に行って確かめてきた。もう考えている暇《いとま》はねえんだ。おまえだって、ふた親と末の息子を、見殺しにはできんだろう」

金次がさすがに顔を曇らせる。他には手がないと、駒三は根気よくこの幼なじみに説いた。

「頼む。おまえより他に、頼める者がいねえんだ。雫井寺の慈泉和尚には、これから話をつけてくる。住職の呼び出しとあらば、誰も袖にはできねえはずだ」

なおも渋る金次をどうにか説き伏せ、それが済むと、鬼神神社とは反対の方角にある、雫井寺へと足を向けた。

駒三とそう歳の変わらない住職も、やはり最初は止め立てした。しかし駒三が、亡くなった祖父や父からきいたと称して、鬼神伝説の真相を語ると、その顔つきが変わった。

「あの雫井の杜に、そのような恐ろしき真《まこと》があったとは……」

慈泉和尚は、五年ほど前にこの雫井の寺に遣わされた。若い頃に学問を修めたらしく、医術の心得《こころえ》もある。郷の者の病や怪我を看《み》て、手ずから拵《こしら》えた薬を与える。年月が浅いにもかかわらず、郷人から敬《うやま》われていたのもそれ故だった。

「一家三人で郷を抜けるのが何よりだと、そうも考えました。だけどおれは、先祖代々大事にしてきたこの郷を、見捨てるのは嫌なんだ」

いまや飢饉は、国中を呑み込んでいる。郷を出ても、食いものにありつけるとは限らない。たとえ我が子が生き延びても、金次の両親や末の子供をはじめ、郷中の弱い者が犠牲になる。郷の顔役のひとりとして、駒三はそれだけは避けたかった。

「わかった。わしもおまえと同じ考えだ。おまえの言うとおり、拙僧《せっそう》が郷の者たちを集めよう」

慈泉は承知して、怪我人が出るなら、晒《さらし》や傷薬も持って行こうと言ってくれた。

そして翌朝の日の出前、慈泉和尚の呼びかけで、郷中の主《おも》だった男たちが鬼神神社に集められた。

「声をかけたのが慈泉さまなのに、どうして寺ではなく、鬼神さまの杜なんだ?」

誰もが不思議そうな顔を寄せ合い、ひそひそとささやき合う。

「庄屋もわけは知らぬというし、この真冬に、鎌や鍬をどこで使うんだ」

やはり慈泉からの達しで、男たちはそれぞれ農具を手にしている。

「皆には足労をかけて済まなかった。まずはこの駒三の話を、きいてやってほしい」

慈泉に促され、駒三が前に進み出た。金次はいまにも泣き出しそうな顔で、幼なじみを見守っている。駒三は短い挨拶の後に、こう切り出した。

「まずは皆に、知ってもらいたいことがある。一昨日、庄屋さまのところで寄合があった」

姥捨《うばす》て子捨ての話は、まだ郷の者には触れられていない。ぎょっとする庄屋の前で、駒三はその仔細《しさい》を述べた。たちまち蜂の巣をつついたような騒ぎとなり、庄屋と五人の顔役を責める声がとび交った。慈泉があいだに入り、どうにか罵声《ばせい》の渦《うず》を鎮《しず》めると、駒三はまた口を開いた。

「親や子を捨てたくねえのは、誰しも同じだ。そんな非道を働くくらいなら、もうひとつ別の手を打ってみねえか。代官所の蔵にある米を、おれたちの手にとり戻すんだ」

皆が一様にはっとして、その顔のまま固まった。

「いかん、一揆を起こせば、郷中が大きな咎《とが》めをこうむるぞ」

いのいちばんに咎めを受けるであろう、庄屋がまず顔色を変えた。縄を打たればかりでなく、怪我人や死人も出るかもしれない。郷にとっては何の利もないと懸命に説く。

「庄屋さま、勘違いするな。わしらは米を奪いに行くんじゃねえ。返してほしいと頼みに行くんだ」

「頼んだところで、連中がはいそうですかと、応じるはずがなかろうが」

集まった中のひとりが、きつい口調で駒三に詰め寄った。

「だからわしらは、鬼神さまを連れて行く」

「この堂にある御神体を、持って行こうというのか！」

そうではないと、駒三は首を横にふった。

「千年も経ってるんだ。御神体の霊験《れいげん》も、いい加減失せている。わしらは新たな隻腕の鬼とともに、お代官に話をつけに行くんだ」

駒三はぐるりと周囲を見渡して、幼なじみの顔の上で視線を止めた。

「金次、頼む」

呼ばれた金次が、びくりと身を弾ませる。おずおずと前に進み出た金次は、両手に長柄の斧を握りしめている。

駒三は、堂から少し離れたところにある、木の切株の傍らにあぐらをかいた。だいぶ前に大風で折れた杉の根をそのまま残し、表面だけ平らに削ったものだ。

駒三は着物の袖をめくり、切株の上に己の右腕を長く伸ばした。

「金次、やってくれ」

斧を手に切株の前に来たものの、どうしても決心がつかないようだ。金次は無闇に首をふり、ぎゅっとつむった目尻から、ぼろぼろと涙をこぼす。

「駒三、金次、おめえたち、何するつもりだ」

皆がざわつきはじめたが、駒三はただ、幼友達の顔だけをしっかと見詰めた。

「金次、頼む。もう時がねえ」

荒い息を大きく吐きながら、それでも金次はようやく決心がついたようだ。顎《あご》をがくがくさせながら、いく度もうなずいた。両手に握った斧を、真上に高くふり上げる。

駒三は己の右腕から顔をそむけ、目をきつくつむった。

「金次！　やめろ！」誰かが鋭く叫んだが、

「南無三」金次は口の中で呟いて、切株目がけてまっすぐに斧をふり下ろした。

舌を噛みそうな衝撃が上腕に走り、一瞬、めまいがした。焼けつくような凄まじい痛みは、それより一拍遅れて訪れた。あまりの痛みに、叫ぶことはおろか、息さえ整わない。

このまま殺してくれと、いまにも弱音が口からとび出しそうになったが、

「しっかりしろ。いま傷を塞《ふさ》ぐからな」

傍らに来てくれた慈泉和尚のおかげで、どうにか正気をとり戻した。

「駒三、すまね……痛えか？　痛えよな」

金次は切株の前に座り込み、ただおろおろしている。その頬に点々と血の跡がついていた。それでも思ったより血は出なかったようだ。駒三は改めて、切株の上のものをながめた。

さっきまで自在に動いていた己の腕が、そこにあるのがどうしても信じられない。それこそどこか、造り物めいて見える。

この腕は、顔を洗い飯を食い、鍬を握り米俵を担ぎ、女房に手をふり、おふくを抱き上げた。そこで初めて、胸がちぎれるほどの後悔に襲われたが、もう後戻りはできない。

慈泉が傷の手当てを済ませると、その肩を借りて、駒三はゆらりと立ち上がった。

頭がくらくらし、たちまち猛烈な吐き気に襲われた。崩れそうになる足腰を踏ん張りながら、いまだけはあの千年前の男のような、鬼の力が欲しいと願った。

「駒三、おまえ、本当に気でもふれたのか」

庄屋は恐ろしげな目を向けて、背後にいる者たちも誰もが青ざめた顔を強張らせている。

「言ったろう、新たな鬼を連れていくと。この腕が、わしらの覚悟だ」

それ以上、しゃべることさえ苦痛だった。察した金次が、駒三の前に背を向けてひざまずいた。

「駒三、乗れ。おれが代官所まで連れて行く」

素直にその背にからだを預けると、その傍らで慈泉が、切株の上に手をかけた。両手で腕を押しいただき、用意してきた三方に載せる。駒三を背負った金次が、声を張った。

「皆、行こう。わしらには、隻腕の鬼神さまがついている」

金次の言葉に、皆は夢から覚めたように互いに顔を見合わせた。その瞳に、同じ光が宿っているのを確かめて深くうなずく。

力強い鬨《とき》の声が、鬼神の杜を揺らすように響き渡った。

代官所は、雫井の郷から東へ二里、町からも少し外れた場所にある。

日の出過ぎからこの門を、いくつもの空の荷車が入っていき、蔵の米俵が次々と載せられた。一刻半が過ぎた頃、八台の荷車がいっぱいになり、壮年の代官は満足そうにうなずいた。

だが、そのとき、門番のひとりが血相を変えて走ってきた。

「大変です！　雫井の郷の者たちが、徒党を組んで門外を塞いでおります！」

「何だと！」

ただちに配下の者たちを連れて駆けつけてみると、門番の言ったとおり、代官所の門の外に大勢が座り込んでいる。二百は下らぬ数は、雫井郷の働き手、ほぼすべてに匹敵する。

「おまえたち、何のつもりだ。すぐに立ち去らぬと、厳しい咎めが下るぞ」

代官が頭ごなしに叱りつけると、先頭にいる真ん中の者が、名を名乗った。

駒三ときいて、去年顔役になったばかりの男だと、代官は気づいた。

頰がこけ、着物の合わせ目からは、浮き上がったあばらが見える。それだけなら他の者たちも同様だが、血の気の失せた顔が妙に白く、けれどこちらを見据える両の目だけが、ぎらぎらと熱を帯びていた。

男の前には、藍《あい》の布をかぶせられた三方があった。

「お願いです。わしらの米を返してくだせえ」

「馬鹿を申せ。いったん納めた年貢を、返せる道理がなかろうが」

「あの米がねえと、わしらは冬を越えられません。百を超す数の、人死にを出すことになる」

「おまえたちの辛苦《しんく》は、よくわかっている。だが、苦しいのはどこも同じだ」

わかるはずがねえ！　後方から、鋭い野次がとび、そうだそうだと怒声が応じた。

手にした鎌や鍬が、あちらこちらでふり上げられる。

「黙れ！　とにかく早うそこをどけ。ぐずぐずしておると、ひとり残らず引っ括《くく》るぞ！」

だが、代官の脅しにも、駒三は眉ひとつ動かさず、平べったい口調で重ねて言った。

「米は返してもらいます。お代官さまも、雫井の郷に伝わる鬼神伝説はご存知でしょう」

「それがどうした」

「伝説の隻腕の鬼が、ふたたび現れました。これをご覧ください」

駒三が、己の前の藍の覆いをとった。三方からはみ出したものは、一瞬、大根のように見えた。だが、それが人の腕だとわかったとき、代官の喉《のど》が、ひっ、と鳴った。

「鬼の右腕でございます」

駒三は厳かに告げたが、どう見ても人の腕だ。そのときようやく、代官は駒三の着物の右袖が、嵩《かさ》をなくして肩から垂れ下がっていることに気がついた。

「これはもしや、おまえの腕か」

駒三は返事の代わりに、三方に載った己の腕をつかみ上げ、ゆらりと立ち上がった。ずいと代官の鼻先に、それを突き出す。逆に顔から遠ざけるように、代官は一歩二歩と後退りした。

「米は返してもらいます」駒三は、そうくり返した。「でなければ、おれのような隻腕の鬼が、もっと増えることになります」

「どういうことだ」

「雫井郷の男たちが、すべておれに倣《なら》います」

代官がひとたび言葉を失い、茫然と駒三を見る。しかしすぐに、我に返った。

「そのような脅しを、真に受けるはずがなかろうが。腕を失って、誰より窮するのはおまえたちなのだからな」

「おれはやるぞ!」駒三の隣で声がして、金次がすっくと立ち上がった。「親や子を捨てて畜生《ちくしょう》になり下がるくれえなら、鬼の方がまだましだ。おれも隻腕の鬼になる！」

口先だけだと思おうとしても、言い放った男の目には、嘘も迷いも見えない。それだけではなかった。背後から大勢の声が、我も我もと金次に続く。

この連中は、本気なのかもしれない——。怖れに似た怯《おび》えが、代官の胸の内にむくむくと育ちはじめる。

「お役人、この隻腕の鬼は、千年前とは違う。人を殺《あや》めに来たのでも、米を奪いに来たのでもない。ただ、話し合いに来たんだ」

金次とは逆の、駒三の隣から声がした。雫井寺の住職だった。

「もしも郷人の多くが腕を失えば、雫井の田畑は立ち行かなくなる。そうなれば、真っ先に責めを負うのは、代官たるあなたでありましょう」

「ご住職まで、わしを脅す気か」

「そうではない。一揆ではなく、話し合いで米を折半《せっぱん》したいと、申しているだけですよ」

「折半、とな」と、代官がじっと考え込んだ。「一分、二分くらいであれば……」

そう口にすると、「七分です。米の七分をこちらに渡していただきます」駒三が毅然と応じた。

「七分も渡せるわけがなかろう。こちらが下手《したて》に出れば、調子づきおって」

「でで、ですが、すでに三年分もの年貢は、前渡ししております！」

駒三の背の陰から、庄屋が顔を出した。代官に盾突くなど、さっきまで思いもしなかったのに、目の前の三人の話をきくうちに、ついことばが口を衝《つ》いたようだ。

「たった一年でいいのです。七分だけ年貢納めを、遅らせてください。このひと冬だけ凌《しの》げれば、次の秋には持ちなおすかもしれません」

庄屋が必死で訴え、背後の男たちからは、同じ訴えとともに、きき入れてもらえねば一揆より手はないと、物騒な声もしきりに上がる。

落ちた右腕をまっすぐに突き出して、ふたたび駒三が歩を進めた。

「七分の米は返してもらいます。責めはすべて、この隻腕の鬼が負います」

すでに血の気が失せた青白い腕を、鼻先にぶら下げられて、代官の喉仏が上下した。

年貢がとれなければ能なしと嘲《あざけ》られ、おそらくは役目替えの上、己の出世の道も閉ざされる。だが、慈泉が言ったとおり、一揆はさらにまずい。しかもその景気づけに、百姓が自ら腕を斬り落としたとなれば、格好の噂《うわさ》の種になる。領内はむろんのこと、江戸表まで届くやもしれず、そうなれば己は一生笑い物だ。

迷いを色濃く残しながらも、代官はついに決断した。

「わかった。七分の米は、一年だけ貸すことにする。それでよかろう。そこにある俵を、荷車ごと持って行くがいい」

たちまち大きな歓声が上がり、代官への礼もそこそこに、敷地の内になだれ込む。金次も喜び勇んで大八車へと駆けていき、住職と庄屋は、笑顔を寄せ合う。

荷車の邪魔にならぬよう、駒三はゆっくりと端に寄った。

気を抜いたとたん、傷の痛みがぶり返し、また吐き気におそわれたが、

「よくやったな、駒三。立派だったぞ」労《いたわ》るような声がした。

気がつくと、目の前に過去見の鬼がいた。

「他のふたりは、どうした？」

辺りを目で探したが、見えるのは大口の子供だけだ。

「あいつらはくたびれちまってな。なにせ千年分もとんだからな」

無理をさせたかと詫《わ》びを入れると、小鬼は駒三を見上げて顔いっぱいの笑顔になった。

「気にすることはね。人のまま鬼になるなんて、思いもしなかった。駒三は知恵者だ」

手放しで褒《ほ》めていたが、駒三の左手に握られて、ぶらりと垂れた右腕に目をとめると、気の毒そうに表情を陰らせた。

「けど、片腕では百姓はできぬだろ。これからどうするんだ」

田畑は金次の弟に任せ、己は慈泉和尚の手伝いをすることになった。そう明かすと、そうか、と小鬼はまたにこにこする。その笑顔に釣られるように、駒三も歯を見せた。

とたんに目の前から、小鬼の姿がかき消えた。

「おい、過去見、どこへ行った」きょろきょろと首を巡らせる。

「おまえの前にちゃんといる。駒三の目に、映らなくなっただけだ。良かったな、駒三、おまえのからだから、鬼の芽がとれたんだ」

過去見の声だけが耳に届き、え、と駒三が仰天した。

「本当か？　本当に鬼の芽がとれたのか？」

しつこいくらいに確かめて、鬼の芽はもう己の手の中だと、小鬼はしかと請《う》け合った。

「駒三、片腕では不自由だろうが、達者で暮らせ。少しでも長生きできるよう、土産を置いた。おれの拵えた傷薬だ」

それきり過去見の声はしなくなった。足許にあるものを拾い上げ、幾重にも包まれた笹の葉を開いてみる。濃い緑の苔玉のような塊からは、かすかに杉のにおいがした。

「おおい、駒三、おめえもこの荷車に乗っていけ」

金次に向かって笑顔で応じ、駒三は右腕と笹の包みを、大事そうに胸に抱いた。

小鬼と民

天上人《てんじょうびと》は　まず鬼を造り　後に人を生《な》した
鬼には力を与え　力なき人には知恵を授けた
悪鬼とは知恵の果ての姿　すなわち人鬼なり
善悪も罪も　人の世だけの理《ことわり》に過ぎず

＊＊＊

「裸ん坊で、寒くねのか？」

初めて民《たみ》に声をかけられたとき、小鬼は本当にびっくりした。

山はすっかり、雪化粧をすませている。冬の最中に、緑の腰巻き一枚きりの姿が寒そうに見えたのだろう。ちょうど同じくらいの背丈の童女は、しげしげと小鬼を見詰めている。

人に己の姿が見えるわけがない。誰か他の者に言ったのだろうかと、きょろきょろと辺りを見回したが誰もいない。小鬼はおそるおそる口を開いた。

「……おめ、おれが見えるのか?」

「見える。髪が緑で、肌が赤い」

童《わらべ》が一歩踏み出して、小鬼に向かって手を伸ばした。びっくりし過ぎて、指一本動かせない。童女は、わさわさと顔のまわりに繁《しげ》る小鬼の髪を撫《な》で、鼻をひくひくさせた。

「やわらかな春の若葉のようだ……それに、とてもいいにおいがする。夏の初めの森のにおいだ」

人よりずっと目や鼻が利く鳥獣さえも、小鬼の姿を認めることはできない。

――おまえたち鬼は、そこにいるのがあまりにあたりまえ過ぎて、下界の者の目にはとまらないのですよ。

いつか山の女神さまは、そう教えてくれた。山神さまは天界に住んでいて、たまにこの山に降りてくる。きれいでやさしい方だけれど、その山神さまさえ小鬼に触れたことはない。

誰かに触れられるなど、生まれて初めてのことだ。細い指が、髪のあいだの小さな角に触れたとたん、

「うひゃあ、くすぐってえ」

小鬼はとうとう頭を押さえてしゃがみ込んだ。そろりと頭を上げると、不思議そうな顔が覗《のぞ》き込んでいた。

「頭の天辺《てっぺん》にあるの、それ何だ？」

「これは角だ」

「角？　角は、獣か鬼にあるものでねか？」

「うん、おれは鬼だ」

「鬼？　おめが？」

一瞬きょとんとし、子供は両の指で、己の口の端をびよんと引っ張った。

「鬼は山のように大きくて、こおんな恐ろしい顔をしてるときいた」

「それじゃ、恐ろしくも何ともね。変な顔だぁ」

小鬼がきゃらきゃらと笑うと、相手も口から指を離し、一緒にきゃっきゃと笑う。

嬉しくて楽しくてならなくて、小鬼は童とふたりでしばし笑いころげた。

「おら、民だ。おめの名は？」笑いが収まると、童女がたずねた。

「名なぞねえ。山の女神さまは、小鬼と呼ぶ」

「じゃあ、小鬼だ」

にこりとしたとき、はるか頭上で、夜を告げる鳥が鳴いた。民が、はっと空を仰いだ。

「いけね、こうしちゃいられね。おら、行かなくちゃ」

「行くって……帰るのか?」

猟師さえ滅多に足を踏み入れぬ、深い森の奥だ。山のふもとにある人里までは、うんと離れている。

長い長いあいだそうであったから、これまで一度もそんなふうに感じたことはなかったのに、無性に寂しい気持ちになった。

だが、民は首を横にふった。

「違う、おら、弟を探しにきただ」

「おとうと、って何だ?」

民は懸命に小鬼に説いたが、兄弟はおろか、親もいない小鬼にはなかなか通じない。

「ああ、同じ親から生まれた同腹のことか」

鳥獣の営みを思い出し、小鬼がようやく納得する。

「そうか、小鬼には、おとうやおかあもいねのか……気の毒にな」

「気の毒？　なんでだ？」

「だって親は、子供を可愛がってくれるだろ。殊におかあはええぞ。あったかくてやさしくて、おら、おかあが誰より好きだあ」

「おかあってのは、そんなにいいものなのか」

民が大きくうなずいて、小鬼はついうらやましそうな顔になった。

「いいなあ、おれも人になって、おかあに大事にされてえな」

「弟もかわいいぞ。小っちゃくていいにおいがして……いけね、早く探しに行かねえと」

己の役目を思い出したらしく、民が慌て出した。

「民の弟は、この山に入ったのか？」

「わからね。三日前にいなくなったきり、どこを探しても見つからね」

だからひとりで、森の奥まで探しにきたという。

「おらの背中で、ぴいぴいと泣いてばかりいたから、きっとひとりぼっちで心細い思いをしているはずだ。早く探してやらねえと……」

「それなら、任してくれ」と、小鬼は胸を張った。「この山と森のことなら、何でもわかる」

「本当か？」

「ちょっと待ってろ。すぐ、森にきいてやる」

「森に、きく？」

民は小首を傾げたが、それにはこたえず、その辺りではひときわ立派な杉の木のところへ行った。抱えきれぬほど太い幹に赤い両手をまわし、額をつけた。小鬼はしばらくのあいだ、そのままじっとしていたが、やがてひょいと顔を上げた。

「そうか、ありがとうな」

はるか頭上の杉の梢に向かって礼を言うと、民の方をふり向いた。

「やっぱりこの山には、おめより他に人はいねえって」

「その杉の木が、そう言ったのか？」

「ちげ。こいつを通して、山中の木にきいたんだ」

木々の幹の中には水が通り、根を経て、土中の細い細い水脈に通じている。いわばこの山の木は、水を介して一本残らず繋《つな》がっているのだと、小鬼は説いた。

「実りの秋も終わっちまって、木の実や茸《きのこ》を採る者も絶えた。獣も冬の眠りについたから、狩りをする者もいねえ。山はまるきり静かだと、皆は口をそろえて言っている」

そうか、と民は、目に見えてがっかりした。落ちた肩はひどくやせて、子供らしい丸みに欠けていた。

「いったい、どこに行っちまったんだろう……まだ、ほんの赤子なのに……」

「赤子って何だ？」

「生まれてひと歳も経ってねえ子供のことだ。だから、まだ名も授けてね。畑が忙しいおかあの代わりに、おらがずっと面倒見てた」

一年も経たぬうちに死んでしまう赤子はことさら多く、なまじ情が移らないようにと、それまで名をつけぬ慣わしが里にはあった。

小鬼は山から出たことがなく、そういう人の世の事情は何も知らない。山の獣は、生まれてすぐに歩き出すものもいるから、人の赤ん坊はひとりで山に分け入ったりはしないと、そんなことにも気づかない。

当の民も、弟がひとりでいなくなったと、そう信じているようだ。案じ顔を小鬼に向けた。

「もしかしたら、ひとつ向こうの山かもしれね。早く……早く見つけてやらねえと、あの子がかわいそうだ」

しゃがみ込んでいた民は、小さな尻をひどく重そうに持ち上げたが、そのからだがふらりと揺れた。

「どうした、民、加減が悪いのか？」

冷たい雪の上に、ぺたりと座り込んだからだを、小鬼が助け起こす。

「そうじゃね。ちっと、腹がへってるだけだ」

きけば、弟を探しはじめた三日前から、何も食べていないという。何か食べられるものはないかと、小鬼は頭をめぐらせたが、あいにくと山の恵みはすっかり尽きている。

「困ったな……魚でも捕まえてやりてえが、おれは生臭には触れねんだ」

小鬼が緑色の髪に手をつっ込んで頭を掻くと、民はゆるゆると首を横にふった。

「いい……おらは何もいらね。弟が見つかるまでは、何も食いたくね」

「けど、食わなけりゃ、弟を探しに行けねえだろ。あ、そうだ！」

小鬼は、ぽん、と手をたたいた。

「腹の足しにはならねえけど、気だけは満たしてやれる」

小鬼はまた、さっきの杉の木へと走る。腹がぺしゃんこになるまで、ふううと息を吐き、杉の木の幹に口をつけた。大きく息を吸い込んで、胸の中いっぱいに山の精気をため込む。何度もそれをくり返し、腹の奥までぱんぱんになると、民のところに戻った。

油断すると、吸い込んだものが出てきそうだ。小鬼は左手で口を押さえ、右手で民の鼻をつまんだ。息ができず、民がぱくりと口をあける。そこに己の口をつけ、からだ中の精気を、少しずつ民の中に注ぎ込んだ。

「どうだ、民。少しはましになったか？」

やがて小鬼は口を離した。民は不思議そうに、腹の辺りを撫《な》でている。

「……腹は減ったままなのに、この辺があったかい」

「おれがいつも食ろうている、山の気だ」

「何だか力がわいてきた。これなら弟を探しに行ける」

ありがとうな、と民は笑った。

すでに日は落ちて、山は真っ暗になっている。小鬼がまた、心配そうにたずねた。

「こんな暗い中、ひとつ向こうの山まで行くのか？」

「んだ」

「もし……もしも弟がそこにもいなかったら、どうすんだ？」

「また、もうひとつ向こうの山まで行くだ」

あたりまえのように、民はこたえる。小鬼は少し考えて、民に言った。

「だったら、民、おれが連れていってやる」

「……一緒に、探してくれるのか？」

「そうだ。次の山へ行っても、おれならすぐに、おめの弟がいるかどうかわかるだろ？」

「うん」

「山から山へ渡るのも、おれの方がうんと速い。だから民、おれの背に乗れ」

小鬼は民の前に、背を向けてしゃがんだ。

「けど、おらを背負っていたら、小鬼が疲れちまうぞ」

「案じることはね。民は小さいから、きっと春先の兎くれえしか重くね」

「小鬼だって、同じくらい小っこいくせに」

民はくすくすと笑い、それでも素直に小鬼の背にからだを預けた。

思っていたよりも民はずっと軽くて、まるで中身のない殻を背負っているようだった。

「いくぞ、民。しっかりつかまってろよ」

民が細っこい両腕を、小鬼の首の前に組み、そのとたん小鬼は駆け出した。

きゃあと背中の民が叫び、やがてきゃらきゃらと笑い出した。

「はやいはやい、小鬼！　すごいすごい、まるで風になったみてえだ！」

「こんなの、まだまだだ！　もっととばすぞ！」

頭の上の笑い声が嬉しくて嬉しくて、小鬼は真っ暗な木々のあいだを縦横に駆け抜けた。

ひとつ越えれば、また次の山が見え、打ち続く峰々は途切れることがない。一日に、軽く五つの山を越え、小鬼は民を背に乗せて、西へ西へと向かった。

からだがどんなに疲れても、小鬼は平気だった。この先ずっと何百年だって、こうして民と一緒にいたいと願った。

小鬼が恐れていたのは、この楽しい旅が終わることだ。民の弟が見つかれば、この旅は終わる。それでも民の喜ぶ顔が見られるなら、悪くはないと小鬼は思うことにした。

しかし、ふたりの旅は、意外な理由で終わりを告げた。終わるはずのない山が、途切れたのだ。

目の前には広い平地が横たわり、小鬼と民が生まれて初めて見る、果てのない泉が、その向こうに広がっていた。

「山が、ない……山に終わりがあるなんて」

小鬼は茫然《ぼうぜん》と呟《つぶや》いた。どこまでも続いていると信じて疑わなかった峰々は、西の果てで唐突に終わっていた。

首の裏の辺りで、くすんくすんと泣き声がする。小鬼が首だけ後ろに向けると、民は悲しそうな顔で、ぽろぽろと涙をこぼしていた。

「どうしよう、小鬼……弟は、あの子は、あのおっきな水たまりの向こうまで、行ってしまったんだろか……」

小鬼は山から出ることはかなわない。海はおろか、人里にさえも下りられない。小鬼は返事のしようがなくて、しゃくり上げる民を背負ったまま、ただ途方に暮れていた。

どのくらい、そうしていたろうか。ふいに猛烈なつむじ風が吹きつけて、堪えきれなくなった小鬼は、民と一緒に尻餅をついた。

「東の山のチビじゃねえか。こんなところで、何してんだ？」

大きな黒い影が立ちふさがって、声はその天辺《てっぺん》からきこえてくる。

「あ、黒鬼！　黒鬼じゃねえか」

黒光りした肌、灰色の髪、頭の上には立派な一本角がある。

びっくりした拍子に、泣くのも忘れてしまったようだ。民はぽかんと口をあけて、大きな鬼を見上げていた。


「たしか、つい百年ほど前だったか」

三日前のことを語るように、黒鬼は言った。

そのくらい前に、黒鬼は小鬼の住む東の山に現れた。

――小鬼、小鬼。あの泉の口をあけておくれ。

ある日、山の女神さまがふいにやってきて、あわてたようすで小鬼に頼んだ。

――私が下りたら、また泉を隠しておくれ。たぶん、黒い大きな鬼がやってくるはずですが、いいですか、決して泉の場所を教えてはなりませんよ。私がここへ来たことも、決して告げてはなりません。

小鬼は言われたとおり、泉の蓋をあけ、女神さまが入ると、また周囲の木々の枝を泉を覆うようにさしかけて、厳重に閉ざした。黒鬼は、それからすぐにやってきた。

「おい、チビ。ここに山の女神が来たろう」

「来てねえ」

「嘘をつくな。いいにおいが、辺りにまだ残っている」黒鬼は、高い鼻をひくひくさせた。「女神はどこだ。どこに隠れてる」

「知らねえやい」

「とぼけても無駄だ。おれは過去見《かこみ》の術が使えるからな。女神がどこに隠れても、その気になりゃ見ることができる」

「過去見って何だ？」

黒鬼はその力について語り、過去見という術を、小鬼はこのとき初めて知った。

「へえ、過去世《かこぜ》が見通せるなんて……。おめ、すげえな」と、小鬼が素直に感心する。

「な、だから、さっさと吐いちまいな」

「嫌だ。言うもんか」

小鬼は梃子《てこ》でも口を割ろうとせず、黒鬼はつむじ風に乗って、東の山をくまなく探してまわったが、固く封印した泉だけは見つけられず、諦《あきら》めて去っていった。

――ありがとう、小鬼。おまえのおかげで助かりました。あの黒鬼ときたら、女には見境がなくて、もう何人もの天女が手籠《てご》めにされているのですよ。

話の意味はよくわからなかったが、山神さまにはたいそうほめられた。

「あ、そうだ！」

百年前のことを思い出し、小鬼は大きな声をあげた。

「過去見だ！　過去見の術を使えばいいんだ！」

「何だ、いきなり」

「黒鬼、頼む。民のために、過去見の術を使ってくれ」

民の弟がいなくなった、その日そのときを見れば、いまどこにいるかもわかるはずだ。小鬼はそう考えた。しかし黒鬼は、けんもほろろに突っぱねた。

「馬鹿言うな。過去見の術はな、天上人のためのものだ。おれですら勝手に使うことは禁じられている」

「じゃあ、山神さまを探すために使うって言ったのは、嘘だったのか」

「うるせえ！　嘘はお互いさまだ」

苛立《いらだ》たしげに、ごつんとげんこつを食らわせる。頭を抱える小鬼に、黒鬼は続けた。

「だいたい、この小娘からして気味が悪い。何だっておれたちの姿が見える」

「知らね。おれも初めてだ。初めて人の子と話ができた」

嬉しそうに笑う小鬼の頭に、また拳がとんでくる。あわてて逃げながら、小鬼は頼んだ。

「頼む、黒鬼。何でもするから、民のために過去見の術を使ってくれ」

「無理だと言ったろう。人に過去見の術を使うなぞ、天上に知れてみろ。おれもおまえも砂にされちまう」

鬼は死ぬと、そのからだは砂になる。天界と下界の境にあたる『硲《はざま》』の外れには、見渡す限りただ砂だけがふり積もった、鬼の墓場があるという。

「てめえも墓場行きになりたくなかったら、さっさとそんな人の子なぞ捨てちまいな」

どんなに頼んでも、黒鬼はどうしても首を縦にふらない。話のなりゆきが呑み込めたのだろう。民がまた、くすんくすんと鼻をすすり出した。

民に泣かれるのは、何よりもやりきれない。小鬼は懸命に頭をめぐらせた。

「……もし……もしも、山神さまに会わせてやると言ったら……それでも駄目か？」

短い灰色の髪から覗く、尖った耳がぴくりとした。

「山神さまは、たぶんもうすぐ降りてくる」

「そいつは、本当か？」

髪と同じ銀色の瞳が、違う光を放ち、赤い舌がべろりと舌舐《したな》めずりをした。

「本当だ。前の年やその前の年と同じに、今年も山の実りは少なかった。山神さまから気をもらわねえと、春の芽吹きが迎えられね」

「そうか……あの女神はとかく用心深くてな、何遍追いかけても、いつもまんまと逃げられていた」

「山神さまの隠れ場所を教えるから……代わりに過去見の術を使ってくれねえか？」

女神さまを裏切るなんて、いままで考えたこともない。すまなさに、胸が塞《ふさ》がるようだ。それでも小鬼は、民の願いを叶えてやりたかった。

小鬼の話に食指が動いたのか、ふうむと黒鬼は考え込んだ。

「その娘が見たいのは、どのくらい前の過去世だ？」

小鬼は数が数えられない。困り顔を民に向けると、民は指を折って数えはじめた。

「弟がいなくなって、三日探して、小鬼と会って、また三日経った」

「六日前か……それならたいしてとぶこともねえ。天界にもばれねえかもしれねえな」

「術を使ってくれるのか？」

「本当に、女神の居場所を教えるんだろうな」

「約束する！」

小鬼が勢い込んで請け合うと、黒鬼は手にしていた錫杖《しゃくじょう》をじゃらんと鳴らした。

「おい、小娘、いつのどこが見たいか念じろ」

「え？」

「てめえが見たいと思う、その日その場所を胸ん中に浮かべるんだよ！」

黒鬼にどやされて、民がおろおろし出す。小鬼は民の手をとって、ゆっくりと問うた。

「民、弟を最後に見たのはどこだ？」

「え……と、家の囲炉裏の傍《そば》で、籠《かご》に入れて寝かしつけて、そのあいだにおらは水汲みに行って……」

夕方に戻ってきたときには、弟の姿はなかったと、民は悲しそうに告げた。

「じゃあ、水汲みに行く前だ。眠ってる弟の顔を、もういっぺん見たいと念じろ」

うん、と民はうなずいて、小鬼の手を握りしめ、目を閉じた。

きいいん、と金気を帯びた音が、耳を刺した。とたんに地面がぐらりと揺れて、民の手を握ったまま、小鬼は後ろにそっくり返った。民が一緒に腹の上に倒れる。

「着いたぞ」

頭の上で黒鬼の声がして、小鬼はそろりと目をあけた。気がつくと、耳鳴りも揺れも止んでいた。

傍らに錫杖を手にした黒鬼が立っていて、じっと前方を見詰めている。その先に、闇がそこだけ禿《は》げたように、丸い光の輪が浮いていた。

「ほら、民、見ろ。過去世が見えるぞ」

「……真っ暗で、何も見えねえ。前も後ろもわからねえ」

民は小鬼の腹の上で、きょろきょろと辺りを窺《うかが》っている。

「こっちだ、民……まっすぐ前を、ようく見てみろ」

小鬼は民に手を貸して立ち上がらせると、そのからだを光の輪の方に向けさせた。

じっと目を凝《こ》らしていた民が、やがて小さく叫んだ。

「弟だ、弟が見える……」

「うん、横に、民もいるな」

民は籠に屈み込み、弟の寝顔を見詰めている。同じやさしい微笑が、隣にいる民の顔にも広がった。

それが小鬼が見た、幸せそうな民の最後の姿だった。

「かったるいな。少し早くするぞ」
やがて民が水汲みに出ていくと、赤ん坊の眠る絵は、しばらくのあいだ変わらなか
った。
焦れた黒鬼が時の歩みを進ませたようで、籠の手前に見える囲炉裏の火が、踊りを
速める。やがて囲炉裏端《じ》に現れた人影を見て、民が呟いた。
「……おとうと、おかあだ……」
父親が籠から赤ん坊を抱き上げて、母親がその後に続く。ふたりは家を出て、隣に
ある納屋へと入っていった。父親が土間に赤ん坊を寝かせ、後ろをふり返って何か言
った。過去見の術は、音は伝わらない。話の中身はわからないが、母親は胸に両手を
握りしめ、祈るように目を閉じたまま、こくこくと首をうなずかせる。
と、ふいに赤ん坊が、火のついたように泣き出した。届かずとも、甲高い泣き声が
きこえるようだ。父親が、大きな手でその口を塞いだ。目を背けるように、辛そうに
ゆがんだ顔を横に向け、同時に父親の手にぐっと力が籠《こ》められた。背後にいる母親は、
ぼろぼろと涙をこぼす。
ふり回されていた赤ん坊の両腕が、びくびくと痙攣《けいれん》し、力なく落ちた。

父親が己の手を外し、同時に母親が、入れ替わるようにして赤ん坊にとびついた。力いっぱい抱き締めるが、腕の中の赤ん坊は、ぴくりとも動かない。

時はまたするすると流れ、同じ日の晩になった。

囲炉裏端に六人の家族が集まり、鍋を囲んでいる。久々のごちそうに、三人の子供たちの顔は嬉しそうに輝いているが、老婆を含む三人の大人の顔は、ただひたすら暗かった。

「なるほどな、そういうことか」

錫杖にもたれた黒鬼が、ぼそりとしたため息をついた。

「……兎鍋だって……そう言ったのに……」

呟いた民の目は、もう何も見ていなかった。

黒鬼が、ふたたび錫杖を大きくふった。

気がつくと、またもとの西の山の頂にいた。

ぺたりと座り込んでいる民に向かって、小鬼はほがらかに語りかけた。

「よかったな、民。弟の居場所がわかって」

「……おらが……おらがあの子を……食ったんだ……」

「うん、弟はおめの腹の中だ。民やおとうやおかあに食べられて、皆の血肉になったんだ」

「おい、やめておけ」

無邪気に話しかける小鬼を、黒鬼が止めた。

「人は共食いを、忌み嫌うんだ」

言われて小鬼がきょとんとする。

「何でだ？　鳥も獣も魚も虫も、みんな仲間を食うぞ？」

「ああ、そうだ。人は仲間食いを嫌う、ただひとつの種なんだ」

小鬼はわけがわからず、黒鬼を仰いだ。

「親が子や卵を食うのも、めずらしくも何ともね。知ってるか？　獣は必ず目玉から食うんだ。目玉がいちばん旨《うま》いんだろうな」

小鬼にとっては、毎日のように山で見る、自然の営みのひとつに過ぎない。いったい何がいけないのか、理解する緒《いとぐち》さえ見当たらない。

やれやれと、黒鬼は頭をふった。

「人はおれたち鬼と違い、知恵を授けられた。知恵が畏《おそ》れを生み、その畏れから逃れるために、多くの禁忌《きんき》を設けた。共食いも、そのひとつだ。人は人を、仲間や縁者を食らうことを、何より嫌う」

「じゃあ、どうして民のおとうやおかあは、赤子を食ろうたんだ？　民たちに食べさせたんだ？」

「それより他に、生きる術がなかったんだろう」

黒鬼は、まずいものを含んでいるような顔をした。

「この何年か、山の恵みが足りねえと、さっきおまえも言ったろう。山ばかりでなく、里も同じ有様なんだ」

食い物が足りないから、働き手にならぬ年寄りを捨て、子供を間引く。いよいよ食い詰めると、その肉を食らってでも生き延びなければならない。度重《たびかさ》なる飢饉《ききん》は、人々に禁忌を犯させるほどに、黒く濃い影を落としていた。

「じゃあ、民は……弟を食ろうたことを、悲しんでいるのか？」

「おそらく、そんなもんじゃすまねえだろう。てめえの所業をいくら恥じても、弟は帰らない。己を呪い、憤り、自身を八つ裂きにしたいほど憎んでいるはずだ」

小鬼は思わず民をふり向いて、そして気づいた。

民は相変わらず、ふたりにぼんやりとした横顔を見せている。だが、その額が、少しずつ盛り上がってくる。

「あれは……何だ？　まるで、角みてえだ」

「角だと！」黒鬼が、ぎょっとして民を凝視する。「まさか、この娘……おい、待て。無闇に近づくな！」

黒鬼の制止もきかず、小鬼が傍に走り寄る。民の前にひざまずき、顔を覗き込んだ。

その瞬間、民が小鬼にとびかかった。

「た……み！　どうしたんだ、民！」

小鬼を地面に押さえつけ、民が馬乗りになった。眼前に、民の顔がある。その顔がすっかり様変わりしていることに、小鬼はようやく気がついた。

両の目が、紅《あか》く光っている――。小鬼には、そう見えた。

歯を食いしばり、その隙間《すきま》から、低い唸《うな》り声がきこえる。まるで獲物に襲いかからんとする、獣そのものだった。

そして何よりも面妖なのは、その額だった。

両の眉の上、髪の生え際のあたりに、はっきりと尖った隆起が見え、それは見る間に伸びていく。ゆるい弧を描いたそれは、紛れもなく二本の角だった。

「どうして……人に角なんか……」

茫然と見上げる小鬼の首に、民の両手がかかった。ぐっとその手に力が籠もる。

「た……み……やめ……」

払おうとしたが、びくともしない。信じられない力だった。ぐえ、とつぶれた蛙のような呻《うめ》き声が漏れ、たちまち息が詰まる。

これは、民じゃない——。何か、別のものだ。得体の知れぬ化物がとり憑《つ》いて、民のからだを操っている。

息ができず、だんだんと視界がかすむ。薄れゆく意識の中で、黒鬼の怒鳴り声がして、次いで、ぎゃん、と獣じみた叫びがあがった。ふっ、と喉《のど》にかかっていた重石がとれた。

「おい、チビ、しっかりしろ！」

頰を張られる痛みに、小鬼はぼんやりと目をあけた。

「……ろおに……痛い……」

かすれ声とともに、詰まっていた喉が一気に開き、小鬼は盛大にむせた。

「ったく、面倒もたいがいにしろ」

憎まれ口とは裏腹に、黒鬼がほっと息をつく。しかし気を抜いたその黒鬼に、ふたたび小さな影が躍りかかった。いてえ！　と叫んだ黒鬼の腕に、民が嚙《か》みついていた。

い。

「この、化物が！」

懸命に引き剝《は》がそうとするが、狂い犬のごとく、民は歯を食いしばり離そうとしない。

「民……やめ……ろ……」

まだからだを起こすことさえ難儀な有様では、小鬼も止めようがない。癇癪《かんしゃく》を起こした黒鬼は、右の二の腕に食らいつく民の額を、正面から殴りつけた。

ばきっ、と骨のくだける嫌な音がした。民のからだは背丈の十倍ほどもふっとんで、松の木の幹に叩きつけられた。

「民！」

あわてて傍へ寄ろうとした小鬼を、黒鬼が押さえつける。

「よせ、あれはもう民じゃねえ。人鬼という化物だ」

「ひと、おに？」

「額の二本の角が、人鬼の証《あか》しだ」

幹を背にして座り込んでいた民が、ゆっくりと顔を上げた。黒鬼の拳にやられたのだろう。額の角の片方は、折れていた。それでもやはり、民の獣じみた顔つきは変わらない。まるで親の仇《かたき》のように、ふたりの鬼を睨《にら》みすえ、立ち上がった。

「仕方がねえ……殺すしか、手がねえようだな」

「やめろ、黒鬼、やめてくれ！」

「邪魔するな！　ああなったら、もう、二度と人には戻れねえんだ」

それでも小鬼は、必死で黒鬼にしがみつく。ふたりが揉み合っているあいだに、ごろごろと喉の奥から獣じみた唸りをあげて、民が近づいてくる。

「どけ！　いくらからだは子供でも、気を抜けばこっちがやられちまう！」

小鬼のからだを放り投げ、黒鬼が民に向きなおった。

「やめろ、黒鬼！　民を殺さねえでくれ！」

小鬼が悲痛に叫んだが、黒鬼は拳を大きくふり上げた。

だが、そのとき、民のからだがぴたりと止まった。正気を失っていた目が焦点を結び、それが小鬼の目を捕えた。

「こ……おに……」

「……民……おれが……わかるのか？」

うっすらと民が微笑《ほほえ》んで、そのまま前のめりに倒れた。

あわてて駆け寄ると、民はもう息をしていなかった。

黒鬼が、ふうと額の汗を拭《ぬぐ》う。

「飯もろくに食えねえ有様で、ほんの少ししか力が残ってなかったんだろう。そいつを一気に使い切って、くたばっちまったんだ」

人鬼と化した者は、尋常ではない力を出す。しかし並み外れた力は、その生命《いのち》をひと息に削る。

黒鬼はそう説いたが、小鬼の耳には入らなかった。民の口をあけさせて、懸命に己の気を吹き込んでやる。だが、どんなに頑張っても、民は動かない。声もあげず、笑ってもくれない。

「民……民……目をあけてくれ……頼むから、逝かねえでくれ……」

民の骸《むくろ》を抱きしめて、小鬼はひたすら願い続けた。

「おい、嘆いてる場合じゃねえぞ。どうやら、見つかっちまったみてえだ」

黒鬼が忌々しそうに空を仰ぎ、その瞬間、まぶしい光が辺りを包んだ。

過去見のときとは少し違う。淡い黄みを帯びた光に包まれて、からだがふわりと浮かんだ。あまりのまぶしさに目をあけていられない。それでも小鬼は、民のからだだけは離さなかった。

小鬼がふたたび目をあけると、山も木も、はるか彼方にあった海も、一切が消えていた。

「おまえたち、大変なことをしてくれましたね」

羽衣をふわりとまとった、見たこともないほど美しい天女が立っていた。

千年の罪

命とは波に等しきもの也
生まれては砕け　硲《はざま》と呼びし水底に沈む
魂は硲にて浄められ　また新たな生を与えられん
鬼の芽を宿す者　この輪から外れる定めにあり

＊＊＊

「ここ、どこだ？」

小鬼がきょろきょろと、辺りを見回す。どこを見ても真っ白で、乳色の霧がうっすらとただよっている。

「ここは『硲』です。天界と下界の境目にあたります」

やさしい音色の鈴のような声だ。山の女神さまもきれいな方だが、それよりさらに神々しい。黒鬼が、ひゅう、と場違いな口笛を吹いた。

「天女は色々と見てきたが、あんたほどの上玉は初めてだ」

下品なふるまいに、天女はかすかに眉をひそめた。

「おまえの手癖の悪さは、天界でも噂《うわさ》になっています。然るべき罰を与えよと、そんな声もありましたから……」

咎《とが》めるような眼差《まなざ》しを、黒鬼に注ぐ。

「此度《こたび》のことで、良い口実ができたようですね。過去見《かこみ》の術を使ったばかりか、人鬼をつくり出すとは」

「ふん、冗談じゃねえ。勝手に術を使ったのはともかく、人鬼ばかりは関わりがねえ。この娘には、見えるはずのねえおれたちの姿が見えていた。つまりは初めから、鬼の芽を宿してたってことだ。おれたちに関わりなく、遅かれ早かれ人鬼に変じる運命《さだめ》だった」

「人鬼って何だ？　鬼の芽って、何のことだ？」

民を抱いたまま、小鬼が口をはさんだ。その姿に、天女は痛ましそうな眼差しを向けた。

「無垢《むく》な心のままに罪を犯すと、稀《まれ》に鬼の芽を生じることがあるのです」

「罪って……弟を食ろうたことか？　何でそんなことが、罪になるんだ？　獣や鳥なら、めずらしくも……」

「さっき言ったろう。人がそれを罪と決めたからだ」

黒鬼が苛々《いらいら》とこたえ、天女がこれにうなずいた。

「罪とは、人の知恵がつくり出したものなのです。他人《ひと》が、己が、罪と思えば、それは罪となってその者の心を苛《さいな》む」

「面白えことに、時が下るごとに、法度だの禁忌だのはどんどん増えていくんだぜ」

と、黒鬼はニヤニヤする。「何だって、てめえでてめえを住み辛くするんだか」

己を縛る綱を自ら増やすなど、馬鹿らしい所業だと嘲笑《あざわら》う。

「そこいくとおれたち鬼には、罪も罰もねえ。こんなところに、わざわざ呼び出される謂《いわ》れもねえな」

「おまえたちは、天上の理《ことわり》に従ってもらいます。此度の始末も、罰ではなく責めが負わされますよ」

これだけは曲げられぬというように、天女は言いわたし、黒鬼が面白くなさそうにふてくされる。

天女は構わず、屈み込むようにして美しい顔を小鬼に寄せた。

「この娘も、己の犯した罪を深く恥じていたのでしょう。それに耐えかねて、身内に鬼の芽を生じさせたのです」

天女さまのことばを頭の中でころがして、それは変だと小鬼は言った。

「でも、民は、弟を食ろうたことなど知らなかった。だからずっと、弟の行方を探していたんだ。なのにどうして……」

「おそらくは、忘れの呪文《じゅもん》を使ったのでしょう」

「忘れの、呪文？」

「生きていくのが耐えられぬほどの辛い目に遭うと、人はときに、忘れの呪文を使うことがあるのです」

「その娘はたぶん、知っていたんだ。てめえが食らった肉が、兎ではないことをな」

黒鬼は、小鬼の腕の中に、ちらと目を落とした。

「何かの拍子に鬼の芽がはじけると、人鬼という化物に変じる。おまえも見たろう、あれが人鬼だ。手当たりしだいに人を殺し続け、二度と正気には戻らねえ。そのままおっ死んで、地獄行きというわけだ」

「地獄って……民も地獄に落とされるのか！」

小鬼が、はっと目を見開いて、民のからだを抱える両手に力を籠《こ》めた。

「駄目だ、民は何も悪いことなぞしていねえ。地獄なんぞに落とさねえでくれ！」

「小鬼、小鬼、落ち着きなさい。おそらくは、その心配はありませんよ」

動かぬ民に必死にしがみつく小鬼を、天女がやさしくなだめる。

「その娘はたしかに人鬼となり果てましたが、幸い誰も殺《あや》めていません。地獄にも行かずにすむでしょう……ただ」

と、微笑を浮かべていた天女の顔が、かすかに曇った。

「鬼の芽を宿した者に、ふたたびの生は与えられません」

え、と赤い顔が、天女を仰いだ。

「どういう、ことだ？」

「人にも、ほかの何者にも、二度と生まれ変わることはない。命の輪から外されて、魂はこのまま消えゆく定めにあるのです」

鬼の芽は、いったんとりついた命を、容易には手放さない。天上人ですら、根本からとり除くことはできず、怨《うら》み辛《つら》みが募れば何度でもはじける。人はもちろん、鳥や獣でさえも、やはり物狂いの種を拾い、異形のものと化すことさえあるという。

だから新たな生を得ることはできず、この砧で魂は溶かされて無という死を迎えると、天女は説いた。

「それじゃあ、民はこのまま死んじまうのか？　ここで別れたら、二度と民には会えねえのか？」

「そのとおりです」

「嫌だ！　そんなの嫌だ！　民があんまりかわいそうだ」

決して離すまいとするように、小鬼はぎゅっと腕の中の民を抱きしめた。額に生えた角は、いまは跡形もなく、民はただ眠っているように見える。

「ごらんなさい、小鬼」

天女が優雅なしぐさで、右手を高く差しのべる。辺りにただよっていた乳色の霧が晴れ、まったく違う景色となった。

「すげえ」

一瞬、民のことすら忘れて、小鬼は口をあけて頭上を仰いだ。

それほどに荘厳なながめだった。

小鬼は、高い塔の内にいた。まるで細長い巻貝をかぶせられたように、周囲にめぐらされた筒型の壁は、つややかな白磁色に輝いて、いくら首を折っても天辺が見通せない。壁を伝うようにして、やはり貝殻に似た道が、らせんとなってどこまでも続いていた。

その道に沿って、塔の内壁にはいくつもの穴が穿《うが》たれて、蜂の巣のごとく整然とならぶ。そしてらせんの道をのぼっていくのは、さまざまな生きものだった。

鳥獣や虫、足のない魚までが、蟻《あり》さながらに行列をなしていた。歩いているわけでもとんでいるわけでもなく、一様にらせん状の塔の内壁を、ゆるく旋回しながら、ゆっくりと上へと運ばれていくのである。その中には、人の姿も見えた。

「もとの姿を宿してはいますが、あれらは下界での生を終えた魂です。次にどのような生を得るべきか、この塔の内で定められるのです」

鳥は鳥に、虫は虫に、人は人に。どの生きものでも、前世と同じ生を望むものだ。ただ、魂が器にそぐわないとされれば、別の種に生を受けることも少なくないという。

「あの穴には、人だけ入っていくぞ」

じっと目を凝《こ》らしていた小鬼が、塔の三階くらいにあたる場所をさし示した。

「ええ、あれは、人から人に生まれ変わる者が通るところです」

「あれ、次の男は、隣の穴に入った。あの婆さまは、あんな上の穴だ」

それぞれが、人から獣や魚になるための道だと、天女は語る。

「へえ、人が狐やイワナになるのか。すげえなあ」

熱心にながめる小鬼に、天女は気の毒そうに告げた。

「小鬼、いくら願っても、この娘はあそこには……いえ、ここから繋《つな》がるどの生にも、生まれ変わることはかないません」

赤い顔がみるみる翳《かげ》り、わさわさとうねる緑の髪さえも、急に嵩《かさ》をなくし、ぺしゃんとしぼんで見えた。小鬼は切なそうに民に目をやった。

「どうしてだ？　どうして民だけが……ほら、もう角もねえし、恐ろしげな顔もしていねえ」

理屈の通じぬ子供と同じだ。それでも天女は、辛抱強く小鬼に説いた。

「地獄は人のためだけに在ると、おまえは知っていましたか？」

緑の髪を生やした頭が、横にふられた。

「知らね。山に分け入った者たちが、地獄は恐ろしいところだと噂していた。それだけだ」

「地獄を欲したのは、人自身です。罪を得た者は罰を受ける。知恵を持った人間だけの決め事です」

すべての命は、この裕で前世の垢《あか》を落とされて、次の生へと輪廻《りんね》する。

だが人だけは、これが難しくなった。知恵を持ったが故に、前世の罪は、消えない染みのごとく魂にこびりつき、容易には剝《は》がれない。人にはいつからかその行為が必要になった。地獄がつくられたのも、それ故だ。

「ですが、小鬼。たとえ地獄ですら、鬼の芽を宿した者を救うことはできません。魂を玉だと考えてごらんなさい。玉についた汚れは拭《ぬぐ》えても、欠けてできた傷はもとには戻りません」

天女がことばを尽くして諭しても、小鬼はやはり民のからだを離そうとしない。力ずくで引き剝がすより他になさそうだと、天女は整った眉根の辺りを上品にしかめた。

「仕方ありませんね。黒鬼、手を貸しなさい……おや、黒鬼はどこへ行ったのです？」

己の後ろにいたはずの、黒鬼の姿が消えていた。初めて気づいた天女は、しきりに首をめぐらせる。

「黒鬼なら、さっき通りがかった別の天女を追って、どっかへ行っちまった」

「あの者の癖の悪さは、困ったものですね。騒ぎを起こす前に、探し出さねばなりません」

天女は身に合わぬ大きなため息をついて、しばし待っているようにと言いおいて、黒鬼を探しにいった。

羽衣に包まれた後ろ姿を見送って、小鬼はまた民の顔を覗《のぞ》きこんだ。

「民……もういっぺんだけ、目をあけてくれねえかな」

日にやけたすべすべした頬を、そっと撫《な》でる。

まるで小鬼の声が耳に届いたように、頬の上の睫毛《まつげ》がかすかに震えた。

ぱちりと、まぶたが開く。小鬼は仰天のあまり、抱いていた民の頭をとり落としそうになった。

「民……気がついたのか？　おれがわかるか、民？」

ぼんやりと宙に据えられていた瞳が、小鬼の姿をとらえる。

「こ……おに」

「民！　民が生き返った！　民と、また会えた！」

小鬼は力いっぱい、民のからだを抱きしめた。苦しそうに身じろぎし、そして気づいたように民は言った。

「口ん中、緑のにおいがする……小鬼がまた、山の気を分けてくれただか？」

「うん、いっぱいいっぱい吹き込んだ。きっと草木の精のおかげで、民は目覚めることができたんだ」

小鬼は民のからだを離し、にっこりした。

「ここ、どこだ……」

「硲だ。死んだ命が、次の生を得るために来る場所だ」

「……おらも、死んだのか？　死んで次の命をもらうのか？」

天女からきいた話なぞ、とても民には告げられない。それにいまは、もっと大事なことがある。

「民、逃げよう。民はここにいちゃ駄目なんだ」

「逃げるって、どこへだ？」

うーん、と小鬼は考えた。なにせ硲に来たのは初めてだから、どこにと問われても咄嗟《とっさ》に思いつかない。

「どこでもいいだ。おら、小鬼と一緒がいい」

「……おれと？」

「んだ。一緒なら何も怖くね。逃げるのも死ぬのも、次の命をもらうのも」

そうか！　と頭の中に、とてもいい考えがひらめいた。

これなら民を、硲から逃がしてやれる。そればかりか、民とずうっと一緒にいられる、とても良い方法だ。半ば小躍りしながら、小鬼は民の手をつかんだ。

「来い、民。こっちだ」

うん、と民は、赤い手を握り返す。笑顔は同じなのに、握った手にはぬくもりがない。やはり民の命は尽きているのかもしれない。

だが、いまは、よけいなことを考えている暇がない。ぐずぐずしていたら、天女や黒鬼が戻ってきてしまう。小鬼は民の手を引いて、らせんの道へと駆けた。

「すまね、通してくれ」

鳥も獣も虫も魚も追い越して、一目散に上を目指した。

「小鬼、どこへ行くつもりだ？」

「人に生まれ変わる穴だ。たしかこの辺に……あ、あった！」

弧を描いたらせんの先に、次々と人が入っていくのが見える。さっき天女が教えてくれた、人が人になる穴だ。

「小鬼も、人になるのか？」

「そうだ。そうしたら里に住めるし、民と一緒にいられるだろ。それに……」

小鬼は急いで口を閉じた。短い横穴の向こうは、白磁色の大きな広間になっていた。

これから人として生まれ変わる者たちが、真ん中辺りに大勢かたまっている。

「いけね、天上人だ。見つかるとまずい」

広間のそこここに、白と水色の衣をつけた、明らかに身なりの違う男たちが立っていた。もともと小鬼の目には、天上人と人間とはまったく違うものに映る。

小鬼と民は、人の団子の中に無理やりもぐり込んだ。

「その者はあちらへ、おまえはその向こうだ」

広間の奥の壁一面には、さらに数十もの横穴が口をあけていた。天上人の指図に従って、人々は次々とその洞《ほら》へ導かれていく。

「なあ、あの洞は何だ？　あそこに入ると、人になれるのか？」

小鬼はすぐ傍にあった着物の裾《すそ》を引っ張った。気づいた老人がふり返り、民の顔に目を当てた。

「何だね。わしに何か用か？」

小鬼の姿は年寄には見えず、声も届かぬようだ。

「どうした、言ってごらん」

年寄は親切に、民の方に屈み込んだ。民は小鬼のことばをそのままなぞった。

「あの穴に入ると、人になれるのかって」

「ああ、そうだよ。あの洞はとてもとても深くてな」

「そんなに、深いのか？」

真っ黒な口をあけている穴をながめて、民が身を縮こませ、小鬼の手をぎゅっと握った。

「怖いことは何もないさ。あれはおっかさんの腹に繋がる道だからな」

「おかあの？」

「あの深い洞を行くうちに、誰もが赤子に戻るそうだよ」

「赤ん坊に？　じさまも、赤子になるのか？」

とても信じられないと、民が目を丸くする。年寄はふわふわと歯のない口で笑った。

「ずいぶんと干涸《ひから》びてしまったが、わしだってもとは赤子だからな」

と、笑《え》んだ口許はそのままに、目だけが気の毒そうに民を見た。

「年端もいかぬうちにここへ来るとは、可哀相にな。次にはわしのように、しわしわになるまで永らえるといい」

「じさまのように、しわしわに？」

ちょっと嫌そうに、民は顔をしかめる。老人はまた笑い、骨と皮ばかりの手を、民の頭に乗せた。

「長ければ長いほど、辛い思いが増えるだけだ。楽よりも堪えることの方がよほど多い。それでもな、この歳にならないと、わからないこともある。ことに人の幸不幸はな」

老人のことばがわからぬふうに、民は首をかしげた。

「何が幸せで何が不幸せか、歳を経なければ気づけぬことがあるものだ……すまんな、童にはまだ難しかったな」

もう一度、民の頭を撫《な》でて、前を向いた。天上人から、老人に声がかけられたからだ。民とならんで話をしているあいだにも、少しずつ前に押し出され、老人の番が来ていた。

だが、天上人の目は年寄を素通りし、その後ろにいる小鬼に向けられた。

「何故、こんなところに鬼がおる。ここはおまえの来るところではない」

「しまった。見つかった！」

人には見えずとも、天上人の目はごまかせなかったようだ。

「鬼が紛れておるぞ。誰か、早うつかまえよ」

天上人の声に、周囲からばらばらと険呑《けんのん》な足音が迫る。配下の者たちらしく、貴族のように優雅な天上人とは違い、逆立った髪に髭《ひげ》を蓄え、武者姿の男たちだ。

「小鬼、どうしよう」

「こっちだ、民！　つかまる前に、あの穴に入るんだ」

小鬼は民の手を引いて、老人の脇を抜け、人のかたまりからとび出した。小鬼が目指したのは、横に並んでいくつも口をあけている洞だった。

「待て、止まれ！　鬼にはその洞は抜けられぬぞ」

背中にあたる声をふりきって、小鬼と民は洞に走り込んだ。

中は光の一切ささない、真っ暗な洞窟《どうくつ》だった。淡い光を放っていた白磁色の広間にいたから、小鬼ですらもまったく目が利かない。それでも小鬼は、民の手をしっかりと握って駆け続けた。洞窟の入口から、怒声や足音がいくつも響いてきたからだ。

あ、と背中の民が叫び、つかんだ手が離れそうになる。足がもつれてころびそうになったからだを、右手一本でどうにか支えた。

「民、乗れ。その方が速い」

小鬼はその場にしゃがみ、民を背に乗せてまた走り出した。

山の中なら、いくらでもとぶように駆け続けられたのに、妙にからだが重い。まるで雨のふる真夏の森のように、じっとりと蒸し暑く、時折足許がぬるりとすべる。水草をたっぷりと含んだ沼のような、わずかに生臭いにおいも、小鬼を閉口させた。

「小鬼、大丈夫か？」

背中から、民の心配そうな声がかかる。

「平気だ」

腹に力をこめて、小鬼は懸命に足だけを前にはこぶ。

「なあ、小鬼」

少し行くと、また民が話しかけた。

「さっき言いかけたことがあったろう？　人になったら、おらとも一緒にいられるし、それに……って」

少し考えて、小鬼も思い出した。広間に入る前、交わした話は途中でちぎれたままだった。

「あの続きを、きかせてくろ」

うん、と小鬼はうなずいて、足を止めぬまま民に語った。

「それにな、おれ、おかあが欲しくなったんだ」

「おかあが？」

「民が教えてくれたろう？　おかあほどいいもんはないって……本当は山にいたときから、ずっとうらやましかったんだ。鳥も獣も、やっぱりおかあがいるだろ」

「んだ。人になれば、小鬼にもおかあができる」

民が背中で請け合ってくれて、横に裂けた大きな口が思わずほころぶ。

「楽しみだなあ。おかあができたら、毛繕《けづくろ》いしてもらったり、顔を舐《な》めてもらったりするんだ」

「人のおかあは、そんなことはしね」

おかしそうに、民が笑う。

「じゃあ、何をしてくれるんだ？」

「抱っこしてくれたり、頭を撫でてくれたり……赤子のときには乳を飲ませてくれる」

「そうかあ……そういえば山の獣も、子に乳をやっていたな。おれも人になったら、真っ先におかあに乳をもらうんだ」

楽しみでならず、顔がにまにまする。だが、そのとき、背中の民がふいに叫んだ。

「どうしよう、小鬼、弟のことを忘れてた」

「え」

「弟を探してやらなけりゃならねのに……あの子もまだ赤子だから、いまごろ乳が飲みてえと泣いてるはずだ」

過去見で見たことを、民は覚えていなかった。こたえをためらううちにも、背後の足音はずんずん近づいてくる。

「民、先へ行こう。人の世に生まれ落ちてから、一緒に探そう」

背中の足音に押されるように、真っ暗な中で、うん、と声が返った。

追っ手をふりきろうと、躍起になって足を前に運ぶが、からだの方がいうことをきかない。奥へ進むほど暑さも息苦しさも増し、裸足《はだし》の裏がとらえる地面は、しだいに頼りなくなってくる。

「何だ、これ……動いてるのか？」

固い土のようだった地面は、いつのまにか足がめりこむほどに柔らかくなっていて、かすかに波打っている。地面だけでなく、闇一色の壁や天井も、どくんどくんという低い響きに合わせて脈を打っていた。

まるで底なし沼に向かって泥の中を歩いているかのように、ひと足ごとに足は地面にねっとりと張りつき、剝がすのさえ難儀なありさまだ。背中の民がしだいに重みを増すようで、小鬼は肩で息をした。

「いたぞ、早う捕えるのじゃ」

天上人の目が、ふたりをとらえたようだ。後ろから気配がふくらんで、あわてた拍子に足がつるりとすべり、泥のような地面に尻餅をついていた。

「わわわわ、何だ、これ、すべる!」

尻をついたまま、小鬼と民は洞窟をすべり落ちていた。真っ暗だったから気づきようもなかったが、まっすぐだった地面は、少しずつ傾いて、途中からふいに急な坂道になった。坂はまるで水を流した粘土のように、ひどく滑りやすかった。

かちこちに凍った雪山の斜面をすべり降りるように、ふたりのからだはすごい勢いで落ちていったが、坂の途中に来て、小鬼のからだがいきなり止まった。後ろにいた民が、小鬼の頭に派手に鼻をぶつける。

「いたあ……」

民は鼻を押さえたが、繁った緑色の髪のおかげで大事には至らなかったようだ。

「どうした、小鬼、行き止まりか?」

「ちげ。頭が引っかかって、先へ進めねんだ」

坂と化した穴は、だんだんと天井や壁が迫るように、細くなっていたようだ。低い天井に、頭がつっかえて動けなくなったのだ。

「ううん、おかしいな、どうしてもとれねえ」

しきりに頭を傾けようとするが、天辺《てっぺん》が天井に張りついて動かない。引っかかっていたのは頭ではなく、緑の髪から親指の先ほど突き出している角だった。

「だから言ったであろう。鬼にはここは抜けられぬと」

仄《ほの》かな灯《あか》りがはるか上の方に灯《とも》り、小鬼と民の背中を照らした。坂になった狭い穴の、入口から覗き込んでいるようだ。

「――さま、鬼を見つけましてございます」

配下の者が、天上人を呼ぶ声がする。それでも小鬼は、諦《あきら》めてはいなかった。大人が横に長くなって、ようやく通り抜けられるほどの狭さだ。たとえ穴に潜ることはできても、己と民を引きずり出すのは至難の業《わざ》だ。

だが、はるか上から顔を覗かせた天上人は、

「どうやら動けぬようだな。じっとしておれ、すぐに終わる」

慌てることなく穴に向かって手をかざした。とたんに猛烈な風に煽《あお》られるように、からだが後ろに引っ張られた。

「すすす、吸い寄せられるっ！」

きゃあっと民が悲鳴をあげて、小鬼の首にしがみつく。

辛うじてふたりを支えているのは、天上に刺さった角だけだ。

「しぶといな。手間をかけさせるでない」

さらに勢いが増し、背に張りついていた民のからだが、首にまわした腕を残して、小鬼から離れた。

「もうだめ、小鬼。手、しびれた」

「民、諦めちゃ駄目だ！」

離れそうになった腕をしっかりとつかみ、どうにか己の脇から、民を引っ張り出した。そのからだを赤い両手でしっかりと前に抱え込んだとき、頭の天辺がむずむずしはじめた。

からだを無理に捻《ひね》ったために、深く食い込んでいた角がゆるんだのだ。

「まずい、抜ける」

竜巻に巻き込まれたように、からだが浮き上がった。そのとき小鬼は決心した。

「民、おまえ、先に行け」

「嫌だ、小鬼、一緒じゃないと……」

「おれも後から必ず行く。だから民は、先に行け！」

小鬼は民の背を、あらん限りの力を絞って、どん、と勢いよく突いた。弾みのついた民のからだは、つるつるの坂をすべり落ちていく。

「小鬼――っ！」

民の声の余韻だけが、いつまでも耳の中でこだました。

＊

「小鬼、おまえは何ということを」

天上人の力で穴から吸い上げられた小鬼は、配下の者たちに両腕を抱えられ、天女のもとに連れていかれた。

「過去見の術を使うより、もっと恐ろしい罪を、おまえは犯したのですよ」

「まったく、いちいち面倒をかけるガキだぜ」

天女の後ろから、黒鬼が呆《あき》れた顔を覗かせる。もとを正せば誰のせいかと言いたげに、ちらりと天女がにらみつけ、黒鬼は口を閉じた。

「おれ、どうしても、民を生かしてやりたかったんだ」

小鬼は下を向いて、もごもごと呟《つぶや》いた。

「娘を哀れに思う、おまえの気持ちはわかります。ですが、小鬼、あの娘をまた下界に落とし、その果てがどうなると思いますか」

「どうって……」

不安そうな顔が、天女を仰いだ。

「何故、鬼の芽を宿した者に、新たな命を与えることができぬのか。もうひとつ、わけがあるのです」

話しておくべきだったと悔いているような、逆にいまさら語ったところで、遅きに失すると承知しているような、天女はどっちつかずの表情を見せた。それでもぎょろりとした大きな目は、熱心に天女に向けられて、次のことばを待っている。

「鬼の芽は、新たな命を得ると、その者に千年のあいだとりついて離れぬのです」

「千年て……おれたちと違って、人も獣もそんなに長くは生きられん」

「いくたび死んで生まれ変わっても、千年のあいだ鬼の芽は、その者に悪心を抱かせ、酷い所業をくり返させる。そういうことです」

小鬼がびっくりして、大きな口をぽかりとあける。

「おまえがあの娘に命を与えたために、鬼の芽のつくり出す千年の輪廻がはじまってしまいました。あの子は千年のあいだ必ず人として生まれ、人に禍《わざわい》を成すのです」

その力は絶対で、たとえ神でも阻むことはできぬという。

「民は……民はどうなるんだ？」

「生まれ変わるたびに鬼の芽ははじけ、恐ろしい悪行をなすでしょう」

「……そのたびに民は、地獄へ落ちるのか？」

おそるおそる小鬼はたずねた。だが、天女は首を横にふった。

「いいえ。罪を犯せば、地獄へ落ちる。その理《ことわり》すら、鬼の芽は凌駕《りょうが》するのです」

「ってえことは、これからあの娘は、千年のあいだ地獄にも落ちず、ひたすら新たな生を貪《むさぼ》りながら、悪行三昧《ざんまい》というわけか」

ことばを失った小鬼に代わって、黒鬼が口を出した。

「ええ……ですから千年のあいだ鬼の芽に憑《つ》かれた者は、後の千年を地獄で暮らすことになる。その果てに、命は無に還されると、そのように……」

「そんなの民が、あんまり可哀相だ！」

長い衣にすがりつき、小鬼はけんめいに訴えた。

「もし……もしも民が悪さをしなければ、ごくあたりまえに千年を全うすれば、地獄へ落とされることもないんだろ？」

「小鬼、それはあり得ぬことです」

天女が痛ましげな眼差しを向ける。

「鬼の芽の力は、とてつもなく禍々《まがまが》しく強いものです。些細《ささい》な悪意や不運によって弾け、人を鬼に――人鬼に変じさせるのです。おまえも見たはずですよ。狂った獣よりも恐ろしい、あの姿を」

真っ赤に血走った目、細い両手で、己の首を締めあげた力。思い出した小鬼が、ごくりと唾《つば》を呑む。

「もうやめておけ。あの娘の行く末より、てめえの心配をしろ。砂にしねえでくれと、頼むのが先だろうが」

黒鬼は薄情なことばを投げたが、小鬼は諦めなかった。しばしのあいだ、ない知恵を懸命にふり絞り、やがて小鬼は顔をあげた。

「天女さま、おれを砂にするなら、それでもかまわねえ。そのかわり、千年だけ待ってくれ」

「それは、何か思わくあってのことなのですか、小鬼？」

天女は訝《いぶか》しむように、赤い鬼を見下ろした。

「おれが、千年のあいだ、民の悪行を止める」

「何ですって」

「民が生まれ変わるたびに、ずっと民に張りついて、悪さをしそうになったらおれが止めてみせる。それなら民は、地獄に落ちなくて済むだろ？」

あまりに慮外な話だったのだろう、天女は目を見張ったまま小鬼を見詰めている。

だが黒鬼は、すぐさま素っ気なく小鬼に返した。

「人がいつどこに生まれ落ちるかなぞ、天上人ですらいちいち覚えちゃいねえ。どうやって探すつもりだよ」

こたえに困って小鬼がだまり込む。黒鬼は容赦なく、さらに意地悪く顔をゆがめた。

「何よりおめえは、山から一歩も出られねえじゃねえか。せめておれさまみたく、里でも海でも自在に行き来できるようにならねえと、探しようもねえだろうが」

「そうだ……おれ、里には下りられねえんだった」

さすがにしょんぼりと、小鬼が肩を落とす。

「おれにも黒鬼みたいな、力があればいいのに……そうしたらきっと、民を止めることができるのに……民にはおれが見えるんだから……」

「そう、でしたね」

小鬼の詮無《せんな》い呟きに、ふいに天女がこたえた。

「鬼の芽を宿す身なればこそ、あの者にはおまえたちの姿が見える……あの強い力を辿《たど》れば、探し出すこともできるやもしれません」

ぱっと明るいものが、小鬼の顔にさし——、そのときだった。

はるか彼方の頭上から、美しい音色が響いた。鳥のさえずりのような、妙なる楽の調べのような、その音は幾重にも折り重なって降ってくる。

らせんを描いた巻貝の天辺を仰ぎ、天女が小さくうなずいた。

「天からのお達しです。小鬼、おまえの願いを叶えましょう」

「本当か、天女さま！」

小鬼の顔がぱっと輝いたが、黒鬼はうさんくさげに天女をにらんだ。

「いったい、どんな酔狂だ？　人の命は、せいぜい五十年。千年のあいだ、二十も三十も摘めるわけがなかろう」

「やる！　百だって二百だって、いくらでも摘んでやる。民に会えるなら、そんなこと何でもねえ」

「きけ、ガキ」ふたたび小鬼の頭を張る。「いいか、生まれ変われば、前世のことは一切忘れちまうんだ。おまえが見えたところで、おまえを思い出すわけじゃねえ」

「……それは、いいんだ」

ぽつりと小鬼は言って、うつむいた。

「おれを思い出すと、民は弟のことも思い出すかもしれねえ。だから、忘れたまんまでいいんだ」

民に会えるだけで儲《もう》けものだと、小鬼は顔を上げてにかりと笑った。ふん、と黒鬼がそっぽを向く。

「勝手にしろ。おれには関わりねえ」

「そうはいきません。黒鬼、おまえも小鬼に同行《どうぎょう》するのです。それが天からの仰せです」

「冗談じゃねえ！　何だっておれが！」

黒鬼はたちまち目を剥《む》いたが、天女がひとにらみしてその口をふさぐ。

「過去見の術を勝手に用いたおまえには、ふさわしい計らいです」

「つまり……これがおれたちへの罰ということか」

黒鬼は、鼻先が触れんばかりに天女に顔を近づけた。

「気にいらねえ。罰ならとっとと済ませりゃいい。千年なぞと、何だってそんなまどろっこしい真似《まね》をする」

小鬼の耳をはばかってのことだろう、ひどく低い声で呟いた。

「おれはともかく、あいつの犯した罪は重い……砂にされても文句は言えねえほどにな」

天女の口許が、それまでとは違う笑みを刻んだ。初めて見るその表情に、黒鬼が一瞬、文句を忘れてほうっと息をつく。そんな黒鬼を厭《いと》うように、天女は一歩下がり、そして言った。

「すべては天からのお慈悲です。その証《あか》しに、やり果せたあかつきには、褒美をとらせましょう」

「褒美、だと？」

「おまえの好きな望みをひとつ、叶えましょう。度の過ぎた願いでない限り、おきき届け下さるでしょう」

黒鬼は、探るように天女の顔をじっと見て、にやりとした。

「それなら、極上の褒美をひとつもらい受けたい」

「何です？」

「あんただ。あんたがおれのものになるというなら、この話、呑んでもいい」

浮かんだとまどいの表情は、すぐに消えた。天女はふたたびゆったりとした微笑を面に乗せて、いいでしょう、と応じた。

「よし、いまの約束、忘れんじゃねえぞ」

さっきとは一転、黒鬼は俄然《がぜん》やる気になったようだ。

「小鬼、おまえもですよ」

「え？」

「あの娘の生まれ変わりを千年守り果せれば、おまえにも褒美が出ます」

それまでにやついていた黒鬼が、訝しげに天女を窺《うかが》った。

「おれは褒美なぞいらね。民さえ息災なら、それで……」

「希《のぞみ》があれば、励みになります。何かひとつ、願うてごらんなさい」

天女にやさしく諭されて、小鬼はううんと考え込んだ。

「そうだ！　おれ、人になりてえ！」

ごん、とすかさず黒鬼の拳が落ちる。

「もうちっと考えろ。わざわざ力のないものになって、どうすんだ。望むならせめて熊にしろ」

「熊も悪かないけど、冬は眠ったまんまだから、やっぱり人がいい。おれ、おかあが欲しいんだ。知ってるか、黒鬼。人のおかあは毛繕いしたり、顔を舐めたりしねえんだぞ」

「知ってるよ」鼻白んだ顔で、黒鬼がこたえる。

「おれ、人になって、おかあに抱っこされたり、頭を撫でられたり、乳をもらったりしてえんだ」

満面の笑顔に向かって、天女がやさしく微笑《ほほえ》んだ。

「わかりました、小鬼。千年が無事に過ぎれば、その願いをかなえましょう」

わああい、と赤いからだが、野兎のように嬉しそうにはねまわる。

黒鬼はやはり腑《ふ》に落ちない顔のままだが、天女は素知らぬふりで厳かに言い渡した。

「これで話は決まりました。ふたりとも、良いですね」

鬼たちがうなずくと、天女はすいと手を伸ばした。

「まずは、おまえの錫杖《しゃくじょう》を借りますよ」

黒鬼の手から渡った錫杖を、天女は高くかざした。天から白い稲妻のような光が落ちてきて、まっすぐに杖の先に落ちた。杖は稲妻を帯びたように、白い光を放っている。

天女は小鬼の緑の髪をかき分けて、光る杖の先で、そっと小さな角を撫でた。

「うへっ、くすぐったい……わわわわわ、何だ！」

小鬼のからだが光に包まれ、黒鬼はまぶしそうに顔を背けた。ゆっくりと光が消えると、赤い鬼の姿が消えて、人の子によく似た、三人の子供が現れた。

「おれ、どうしたんだ？　この手、まるで人みてえだ」

口の大きな子供が、己の両手をまじまじと見詰める。鋭い爪がなくなって、肌色の手の平は、妙にふよふよと頼りない。

「その姿なら、山を降りることができます。人に似せていますから、娘の生まれ変わりに会うても、驚かさずにすむでしょう」

「うん、わかった……けど、こっちの奴らは何だ？」

「それはおまえのからだから作った人形です。動けと念じてごらんなさい」

言われたとおりに念じると、びょん、とふたつの人形が、いきなり立ち上がった。わっ、と大きな口をあけてとび退ると、今度はふたり一緒に勝手な方向に走り出す。

待て待てと、大口の姿の小鬼が、あわててふたりを追いかける。

「扱いを覚えるまでには、いま少し修練が要るようですね」

子供同士で鬼ごっこをしているような、微笑ましい姿に天女が目を細める。しかし同じ姿をながめながら、黒鬼は険呑な表情のままだ。

「褒美なんぞぶら下げやがって、いったいどういう了見だ」

小鬼と違って、甘言に騙《だま》されるつもりはさらさらない。

「禁を犯したおれたちを、天が許すとは思えねえ。本当なら褒美どころか、あんたらが責めと称する、厳しい罰が下るはずだ」

「これがおまえたちに与えられた、罰なのですよ」

「何だと？」

天女の微笑はたおやかで、少しも崩れていない。黒鬼の背中を、冷たいものが這《は》い降りた。

「千年のあいだ、過去見の術を使って、鬼の芽を摘み続ける。それが、おまえたちに与えられた罰なのです」

「過去見の術を？」

錫杖が天女の手から、黒鬼に渡る。

「ですが、過去見の術を使うのは、おまえではありません……小鬼です」

「あんなチビに、使い果せるものか。千年どころか百年で力尽き……」

銀色の目が、はっと見開かれた。ひとたび天女と、正面から向かい合う。天女は何も言わず、背中を向けた。

ようやくふたつの木偶《でく》を捕まえた小鬼が、頰をゆるませる。

「いくたび生まれ変わっても、きっと会いにいくからな……待ってろよ、民」

幸せそうなその笑顔に、漆黒の鬼は瞳をいっそう翳《かげ》らせた。

最後の鬼の芽

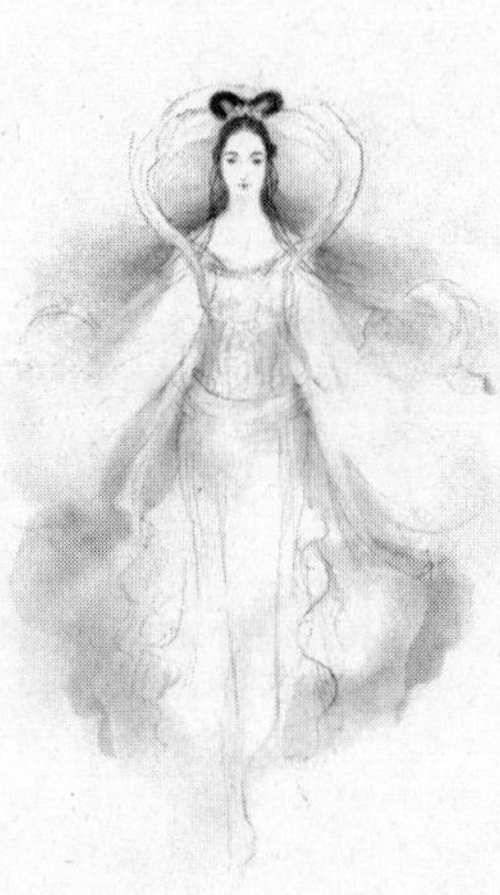

人鬼出《ひとおにいず》るところ　血が流れ屍《しかばね》が築かれる
血と屍は　憎しみと狂気を煽《あお》り
鳳仙花《ほうせんか》の如《ごと》く　悪心の種を撒《ま》き散らす
やがては乱を呼び　戦《いくさ》を招き
阿鼻叫喚《あびきょうかん》の坩堝《るつぼ》と化した　この世の地獄が現れる

＊＊＊

「いつもいつも、何を見とるの？」

背中から、やさしい声がかかる。蓮の花型に開いた両手に、ふっくらとした頬を乗せた格好で、「山」と多美《たみ》はこたえた。

この窪《くぼ》んだ土地は、東西と北を山に塞《ふさ》がれている。毎日飽きもせずながめているのは、多美の知っている山とは違って見えるからだ。

何がどう違うのか、数え八つの多美にはわからない。

ただ、六年のあいだ慣れ親しんだ故郷の山とは、色も形もにおいも違う。多美の生まれ在所は、ここからはずっとずっと遠い、東にあった。

「やっぱり、故郷《くに》が恋しいか？」

「そうではね、姉ちゃ」

ふり返ると、困ったようにこちらを見詰める眼差《まなざ》しとぶつかった。

「ちゃいます、天神はん」

わざわざ言いなおすと、ふっと相手の顔がほころんだ。

「ふたりきりのときは、姉ちゃでええんよ」

ふふ、と笑い合った顔は、七つも開きがあるにもかかわらず、よく似ていた。染枝《そめがえ》天神は、多美の実の姉だった。

天神とは、この西の色街においては、太夫《たゆう》に次いで格が高い。まだ十五という若さだが、十二で歯を黒く染め、大人の仲間入りをした姉は、誰もがため息をつくほどに美しい。大帯に袿《うちき》をかけて、笄《こうがい》を十二本も頭にさした茶屋への道中は、殊に人目を惹《ひ》いた。

そんな姉の姿は誇らしくてならないが、何の飾りもない、いまのような素顔の姉はもっと好きだった。姉と別れたのは、多美がまだ赤ん坊の頃だ。ここに来るまで顔も知らなかったが、六年ぶりに会った姉は、ただひたすら多美にやさしかった。

「どうや、舞のお稽古《けいこ》は厳しいか」

「うん……お師匠さんからは、まるででくのぼうだと叱られてばかりだ。おらは姉ちゃと違って、舞や唄の才はねえようだ」

染枝が最初に売られたのは、生国からより近い、江戸の遊郭だった。いまの多美と同じに、禿《かむろ》として遊女の世話をしていたが、たまたま京から来ていた女衒《ぜげん》が目を留めたのは、容姿の良さばかりでなく、染枝の歌舞の才を見抜いたからだ。

京の色街では、江戸以上に舞や唄をはじめとする芸事に厳しかった。

「あのお師匠さんは、昔からそうや。うちもよう叱られとった」

やさしく励まされても、多美はしょげたままだ。湿っぽい吐息の後に、労《いたわ》るような声が続いた。

「多美、家へ帰りたいんか？」

「姉ちゃ……」

「やっぱり多美は、こないなとこに来いへん方がよかったな」
「そっだらことはね」
姉のため息を、多美は急いでさえぎった。
「白いままはたんと食べられるし、きれいなべべも着れる。何よりずっと姉ちゃとい
れて、おらは何の不足もね」
姉はきれいな京言葉を使うが、ここに来て一年足らずの多美は、田舎訛《なま》りがなかな
か抜けない。ようやく人前では出ない癖がついてきたが、気を抜くと、ついつい強い
訛りが出てしまう。
多美は十とひと月前に、姉の後を追うようにして、この古い西の都に売られてきた。
「うちがよけいな話をしたばっかりに……かんにんえ、多美」
染枝はただ、在所から届いた便りの中身を、娼妓《しょうぎ》仲間に語っただけだ。
七つになった多美が、染枝天神の幼い頃にうりふたつだと、わざわざ知らせてきた
のは田舎の両親だった。だからこそ耳聡《みみざと》くききつけた置屋のおかみは、店の男衆に、
わざわざ東国まで迎えに行かせた。
そんな大人の胸算用を、多美は知らない。
だが、残念ながら、姉の歌舞の才を多美は受け継いではいなかった。さらに厄介な

のは、古い都のしきたりだ。未だに訛りさえ抜けず、何をやらせてもまごつくばかりの不器用な多美は、そのつどおかみを呆《あき》れさせるばかりだ。

「染枝と似とるのは、顔だけやないか。えらい高い買物してしもたわ」

最近は姉さん奴《やっこ》や同じ禿たちからも、あからさまな嘲笑《ちょうしょう》を受けることもめずらしくはない。

「初めの頃は、うちも叱られてばかりやった。多美と同じえ」

「おらと姉ちゃは違う」

役に立たない己が、ただ情けなくて悲しかった。

叱られてばかりいたという、染枝の話は嘘ではない。見込みがあると思えばこそのきつい仕打ちでもあり、また朋輩からのやっかみも激しい。

娼妓に求められるのは、芸事だけではない。だが、まだ八つの妹には、言ってもわからぬ話だ。多美はまた、窓枠に頬杖《ほおづえ》をついていた。

「多美はほんまに、山が好きなんやなあ」

在所を懐かしんでいるのだと、染枝はそう思っているのだろう。

けれど本当は、少うし違う。

山をながめていると、ふっ、と妙な感じに襲われることがある。うんと大事な何かを忘れてきたような、じれったくておなかの奥がむずむずするような、何ともいえない変な気分だ。

つかまえきれないものを、口で説明できるわけもない。だから多美は、これまでは姉にすら黙っていた。

「なあ、姉ちゃ」

「なんえ？」

「おらには弟なぞ、いねえよな？」

「あたりまえや。多美は末っ子やもん」

そうだよなあ、と多美は、不服そうなため息をつく。

「けったいな子やなあ、夢でも見たん？」

誰かの背におぶさって、弟を探している。そんな夢を見たような気もするし、見ていないようにも思う。たっぷりと繁《しげ》った蔓草《つるくさ》が、多美の顔をこそこそとくすぐる。濃い緑のにおいが心地好く、多美はそこに顔をうずめた。蔓草ではなくて、誰かの髪だったようにも思える。

だが、緑の髪など、この世にあるはずがない。

あわてて打ち消すと、またからだのどこかがむずむずする。今度はおなかの奥ではない。

——額だ。

前髪に隠れた、両方の眉の上のあたりで、虫が蠢《うごめ》いているようだ。多美は思わず、両手で前髪を押さえた。

「どないした、多美、おつむでも痛いんか？」

姉が腰を浮かせたとき、廊下からおかみの声がかかり、襖《ふすま》があいた。

「染枝、茶屋からお呼びがかかって……おや、小萩《こはぎ》、まだこないなところにおったんか」

おかみは禿の名で呼んで、多美にきつい目を向けた。

「舞の稽古はどないした、小萩。他の子らは、とっくに出掛けたえ」

「かんにんしとくなはれ、お母はん。小萩は加減が悪うて」

「いまから怠け癖つけて、どないします。小萩、早う仕度しいや」

はい、と多美はおとなしくうなずいた。幸い、おかみの声にびっくりした拍子に、額のむずむずは消しとんでしまった。

「染枝も、仕度しなはれや。五つに喜田磯はんや」

おかみが茶屋の名を告げると、染枝の顔に、期待に満ちた明るいものがさした。

「お客さまは、どなたはんどすか？」

おかみが客の名を告げると、染枝の頬に、ぽっと血がのぼった。

どこやらのご家中にいたというご浪人で、ようすのいい若いお侍だ。いつも数人のお仲間と連れ立って茶屋に来る、染枝の馴染み客だが、単なる客と娼妓という間柄ではないことは、幼い多美ですら知っていた。

おかみは内心、ひどく気を揉《も》んでいるのだろう。染枝に釘《くぎ》をさした。

「あんまり入れ込んだらあきまへんえ。ろくな始末にならんさかい」

「ようわかっとります、お母はん」

返事だけは神妙だが、やわらかな糠床《ぬかどこ》に、釘はおろか針をさすような甲斐のなさだと、その顔を見ればあきらかだ。おかみはやれやれとため息をつく。

「近頃は何かと物騒やさかい、巻き込まれんよう、くれぐれも気ぃつけなあきまへんえ」

それだけを言い置くと、多美にもういっぺん短い小言をくれてから、おかみは部屋を出ていった。

「姉ちゃは、あのご浪人さまの嫁こになるだか？」

おかみの気配が襖の向こうから消えると、多美はそっとたずねた。

「いやや急に、なに言い出すの」

「姉ちゃが嫁に行ったら、おらはここを追い出されちまうかな……」

びっくりした顔で妹を見詰め、それからゆっくりと切ない笑みを浮かべた。

「多美、ここに座りよし」

姉がぽんぽんと、己の膝《ひざ》をたたいた。おとなしく膝の上に乗った小さなからだを、姉は後ろからやさしく抱きしめた。

「お嫁になんて行かへんさかい、大丈夫や」

「けど、姉ちゃはあのご浪人さんが好きで、あの人も……」

「あのお方にはな、いまは大事なお役目がおますのや」

「お役目？」

「世の中をな、変えようとしとるんや。いまよりも、あんじょうええ世の中にな」

姉の口から語られる話は、多美にはいまひとつ呑み込めなかった。それでも、姉の最後のことばだけは、気持ちよく耳に響いた。

「うちはずうっと、多美と一緒や」

――同じことを、別の誰かからきいたように思える。

白粉《おしろい》と香の混じった甘いにおいに、小さな疑念はすぐに消えた。

*

「おい、起きろ、着いたぞ」

乱暴にからだを揺さぶられ、小鬼は目を覚ました。

緑の髪が風に煽《あお》られ、うっとうしく顔にまとわりつく。小鬼は眠たげに目をしばたたいた。

「んあ……ここ、どこだ？」

「京だ」

言われて下を見ると、はるか下方に小さな灯りが碁盤《ごばん》の目のように連なっている。

黒鬼の脇に担がれて、とんでいるのだと悟《さと》るのに、しばしの時が要《い》った。

耳もとで轟々《ごうごう》と風が鳴り、空は厚い雲に覆われているらしく、月も星も見えない。

辺りはすでに闇の中だが、鬼は夜目が利く。なのに何故か、街の姿がぼやけて映る。

「それにしても、すごい瘴気《しょうき》だ。街をすっぽり呑み込んでやがる」

少しずつ高さを落としながら、黒鬼が呟《つぶや》いた。

「……瘴気？」

寝起きの頭では、うまく咀嚼《そしゃく》できない。だが、瓦屋根の家並みが見えてきたとき、黒鬼のことばの意味をたちまち察した。

「うわっ、何だ、これ。気持ち悪い」

大量の虫が隙間《すきま》なく肌に張りついたような、気味の悪い感触に襲われて、小鬼は総毛立った。まるでおぞましい悪気《あっき》が、京の街に凝《こ》り固まっているような有様《ありさま》だ。

「前に来たときは、こんなじゃなかった。いったい、どうしちまったんだ」

何百年前か覚えてないが、民《たみ》の生まれ変わりを追って、この街にも一度来たことがある。

「鬼の芽《め》だ」と、黒鬼が低くこたえた。

「鬼の芽って……まさか、民の……」

「いや、あの娘のものが弾《はじ》けたにせよ、こうまで邪気がはびこるはずはねえ」

「民の鬼の芽が、弾けちまったのか！」小鬼がたちまち血相《けっそう》を変える。「人鬼になったら、何もかも終わりだ。どうしてもっと早く起こしてくれなかった、黒鬼！」

「なに言ってやがる。いぎたなく寝こけてやがったのは、てめえじゃねえか」

ごつんと頭を殴られて、小鬼は目をぱちぱちさせた。

「おれ……起きなかったのか？」

「叩こうが蹴《け》ろうが、てんで目覚めねえ。仕方ねえから、こうして抱《かか》えて来たんだろうが」

「そうか……すまね……」

ぽつりと小鬼があやまった。こうしていても、錘《おもり》でもつけたみたいにまぶたは絶えず落ちようとする。まぶただけでなく腕も足も重い。まるでからだ中に鉛を流し込まれたようなのに、気を抜けばすうすうと精気が漏《も》れていくような頼りなさがあった。

「……おれ、もう、駄目なのかな」

「きこえねえよ！　何か言ったか！」

「いや、何でもねえ」

黙り込んだ小鬼を、黒鬼がちらと見遣《みや》る。ついきこえないふりをしたが、本当は黒鬼にもわかっていた。千年のあいだ酷使《こくし》され、小鬼の精は尽きかけている。民を救いたいというただその強い一念で、骸《むくろ》に等しいからだを無理やり引きずっているようなものだ。小鬼の命の火は、消えようとしていた。

「さっきの話だがな」と黒鬼は、それた筋をもとに戻した。「いくら鬼の芽でも、ひとつ弾けたくれえじゃ、ああはならねえ。たまにあるんだよ、こういうことが。いくつもの鬼の芽が立て続けに弾けて、人鬼が跳梁跋扈《ちょうりょうばっこ》する。人は乱《らん》と呼ぶがな」

鬼の芽は、ひとつ弾けると次の災厄《さいやく》の火種《ひだね》となる。稀《まれ》にそれが間をおかず、たくさんの鬼の芽が連鎖《れんさ》のごとく次々と弾けることがある。戦《いくさ》はそうして起きると、黒鬼は語った。

「じゃあ、このとんでもない瘴気は、たくさんの鬼の芽の仕業なのか」

「あの娘の鬼の芽がまだもち堪《こた》えているとしても、早晩はじける。京は格好の場所だからな」

古い都には、人の怨《うら》み辛《つら》みもそれだけ長くしみついて、良からぬものが住みつきやすい。ことに京は昔から、幾度も人鬼の巣と化していた。

「天女の話だと、たしかこの辺りのはずなんだが……ちきしょう、瘴気が強すぎて、鬼の芽のにおいがたどれねえ」

同じところをぐるぐると回りながら、黒鬼が舌打ちする。小脇にぶら下がりながら、小鬼は下界をながめた。眼下に広がる街並みは、周囲よりも灯りの数がだんぜん多い。

「ここだけ、ずいぶんと明るいな」

「ああ、たぶん遊里《ゆうり》だ」きょとんとする小鬼に、黒鬼が続けた。「男が女を漁《あさ》りに行く場所だ。てめえのような餓鬼《がき》には、縁《えん》はねえがな」

「人にも、黒鬼みたく手癖《てくせ》の悪いやつが多いのか」

本当のことを言ったとたん、またぽかりと頭を張られる。痛え、と頭の天辺《てっぺん》を押さえ、その拍子に妙なものが小鬼の目にとまった。

「黒鬼、あそこだけ、瘴気がとんでもなく濃いぞ」

小鬼が指で示した小路に、黒鬼が目を凝らす。「なるほど、殺し合いの最中《さなか》というわけか」

二、三十人はいるだろう。剣を手にした侍たちが、遊里の真ん中の往来で斬《き》り結んでいた。鋼《はがね》の刃《やいば》がぶつかるたびに、闇の中に火花が散る。打ちかかる気合の声と、斬られた側の悲鳴は、どちらも獣じみていた。そのたびに血が流れ、瘴気がいっそう強くなる。

生臭い臭いに耐えかねて、たまらず小鬼は横に裂けたような口を、鼻ごと両手で覆った。

「何でも国を二分して、争っているそうだぜ。大義《たいぎ》だの名分《めいぶん》だのと偉そうにふりかざしちゃいるが、その実、鬼の芽に踊らされているだけだ」

ごくろうなこった、と黒鬼がせせら笑う。

「まあ、二百五十年ももったんだ、人にしちゃ上出来だ」

黒鬼が呟いたとき、下界がいっそう慌しくなった。

　数人の侍が、店の入口を蹴破って中になだれ込んだ。女たちの悲鳴がけたたましく響き、逃げ場を求めて次々と外にとび出してくる。しかしその往来も、殺気立った侍であふれていた。

「女を巻き添えにするとは、あいつらすっかり正気を失っちまってるようだな」

　店の内から、またひとり女が走り出た。遊女らしき派手な身なりだが、まだ若い娘だ。女たちが一目散に逃げる中、その娘だけは店の前から動こうとしない。

「——さま！」

　斬り結んでいた侍のひとりが、その声に応じた。

「来るな、染枝！　妹を連れて、早う逃げよ！」

　娘は、女の子を連れていた。七つ、八つくらいの女の子は、まっさおな顔で娘の手にしがみついている。

「黒鬼、あの子……」

「ああ、遊び女《め》にしちゃえらく小せえな……たしか禿《かむろ》とか言ったか、まだ見習いの小娘だろう」

「そうじゃねえ！　あれは、民だ！」

「何だと」

「間違いねえ、千年前の姿そのままだ。おれが会った民と、そっくり同じだ」

「そんなこと、言われてもな……」

千年前に一度会ったきりの娘の顔など、黒鬼はまるきり覚えていない。それでも黒鬼は、確かめようとするように、小鬼を抱えたまま二階屋の屋根に下りた。

＊

染枝の声に応じたのは、愛しい相手だけではなかった。

「浪士どもに味方する不届者だ。あの女も捕えろ！」

ふたりの男がその命を受け、娘たちに矛先《ほこさき》を変える。

「やめろ！　その女は関わりない！」

先刻の侍が、己の相手をはねのけて、染枝と多美のもとへと走る。片方の男の攻めを辛うじて受けとめて、だが、もうひとりの男の刀が、背中に向けて大きくふり上がる。

「あぶない！」

握っていたはずの白い手が、するりと多美の腕から抜けた。染枝が背をかばうように男の背後に身を投げ出して、刀はそこにふり下ろされた。

刃は染枝のからだの、もっとも細い部分を斬り裂いた。十二本の笄に彩られた白い首が、胴から離れてごろりと落ちた。女の無残な姿を目にすることなく、侍も腹を裂かれて息絶えていた。

ただ、多美だけが、目の前の光景をまばたきもせずに見詰めていた。

首の落ちた胴体が地面に倒れるのが、ひどくゆっくりとして見える。斬り口から大量の赤い飛沫《しぶき》がほとばしり、多美の顔や胸を濡《ぬ》らす。

血のにおいが、胸の深いところまでしみわたる。

ふいに、どくん、と何かが脈打った。まるでからだのどこかに、心の臓がもうひとつあるようだ。

「ずうっと、一緒にいようって、言ったのに……」

そうだ、と誰かの声が呼応した。

――おまえの姉を、斬首《ざんしゅ》せしめたのは、誰だ？

姉を斬った男は、誤って女を死なせたことにひどく狼狽《ろうばい》しながらも、仲間に促され、己の役目を果たすため、すぐにその場を離れた。

姉が恋い焦がれた男の骸と、首のない女のからだと、白い生首だけが、多美の足許にころがっている。

これは、何だろう？　姉は、どこにいるのだろう？

声はこたえず、別の問いを発した。

——おまえの弟を、——たのは、誰だ？

「おとうと……」

きいんきいんと耳鳴りがして、その音が頭の中で渦を巻く。

ふくらんだり遠ざかったりする声を、懸命に追う。音の狭間《はざま》から、ふいにくっきりと声が響いた。

——おまえの弟を、食ろうたのは誰だ？

ずきりと、額に鈍い痛みが走った。

「……食ロウタノハ、我ジャ」

その声はもう、多美のものではなかった。

＊

「ちきしょう、瘴気が邪魔で、何も見えやしねえ」

　黒鬼は、顔をしかめて錫杖《しゃくじょう》を軽くふった。小路を覆っていた黒い霧が、さあっと吹き払われた。

　瓦の端から頭を出し、小鬼が、あっ、と声をあげた。

「角が……民の額に、角が生えかかってる……」

　民の白い額には、まさに種から伸びたばかりの白い芽のような、ふたつの突起がはっきりと見えた。

「ちっ、遅かったか」黒鬼が、舌打ちした。「参ったな……こうも早く人鬼に変わるとは」

「黒鬼、おれに過去見の術を入れてくれ」

「術なぞ使っても、もう遅い。いったん人鬼になれば、ことばさえ解さねえ」

「でも、まだ間に合うかもしれねえ。頼む、黒鬼！」

　どのみち他に、うまい手があるわけでもない。小鬼にせがまれるまま、黒鬼は錫杖を高くふり上げた。杖の先から白い光が放たれて、小鬼のからだを包み込む――はずだった。

　しかし赤いからだは光に弾かれて、ころころと屋根の上を転がった。屋根から落ちる寸前のところで、黒鬼の長い腕が伸び、どうにか髪をつかんで引き戻す。

「なんてこった……てめえにはもう、木偶《でく》を作る力さえ残ってねえじゃねえか」

「力が……ない……？」

己の赤い両の手を、小鬼が茫然《ぼうぜん》と見詰めた。

「どう、すればいいんだ、黒鬼。どうしたら、民を助けてやれる」

「どうしようもねえ……万事休《きゅう》すというやつだ」

腹立ち紛れに、がっと錫杖の尻を屋根に叩きつける。瓦が割れて、がしゃりと耳障りな音を立てた。

「ちきしょう、ここまで来て……おそらくはこれが最後の鬼の芽だってのに、千年の苦労も水の泡かよ！」

からだ中の怒りを天上界にぶつけるように、黒鬼が仁王立ちになり、空に向かって大きく吠《ほ》えた。声は風の唸《うね》りとなって、真っ暗な空に吸い込まれる。まるで声に応えるように、頭上をわたる風の勢いが、にわかに増した。

「黒鬼、民の角が……」

民の額から突き出たものは、弧を描きながら少しずつ伸びて、すでに紛《まご》うことなき角と化していた。

「あれはもう、おめえの民じゃねえ……人鬼だ」

黒鬼が、低く言い渡したとき、それまで突っ立ったままでいた民が、ゆらりと一歩前に出た。倒れた侍の傍らに落ちていた、刀を拾い上げる。

「民、まさか……」

未だ火花をあげながら刀を握る侍たちへと、民はゆっくりと近づいていく。斬り合いは決着がつきつつあるようで、傷を負った者たちがそここに倒れ伏し、すでに死んでいるのか声すらたてぬ者もいた。

塀によりかかり、それまで屍《しかばね》に見えていた男が、呻《うめ》き声をあげた。民は足を止め、そちらに向き直った。

血まみれの顔から覗《のぞ》く目は、すでに人のものではない。刀を握った右手が、真上にかざされた。

「いけない、民！　黒鬼、民を止めてくれ！」

「止めたところで、もう無駄だと思うがな」

ぼやきながらも黒鬼は、錫杖をふり上げた。上空では、轟々と風が逆巻いている。

黒鬼は天に向かって叫んだ。

「風神、ちょいと力を貸してくれ！」

とたんに、ごおっとつむじ風が起きて、民のからだがとばされる。後ろに押し戻されるようにして地面に投げ出されたが、刀はその手にしっかりと握ったままだ。何事もなかったかのように、また立ち上がる。

終息《しゅうそく》の気配を察したのか、それまで息を殺して店の内に隠れていた娼妓や客が、三々五々通りに顔を出し、遠巻きに事の成り行きを見守っている。敵味方の区別など、すでにないのだろう。刀を手にした民は、今度はそちらへ向きを変えた。黒鬼がふたたび錫杖をふった。

「しつっこいったらねえな、まったく」

風に押し戻され、また倒れる。何度くり返しても、民は刀を手にして起き上がる。業を煮やした黒鬼は、ひときわ強い風を送った。民のからだは軒下までふっとんで、背中から板壁にたたきつけられた。

拍子にようやく手から刀が離れ、黒鬼は口の中で呪文《じゅもん》を唱えた。錫杖から赤い光が発せられ、落ちた刀を包み込む。まるでそこだけ時が速まったかのように、銀色の刀身がみるみる赤い錆《さび》を帯び、ぼろりと崩れ落ちた。黒鬼が、やれやれと息をつく。

「ああなっちまった以上、殺すより他に止める手立てはねえ。仕方ねえ、おれが……」

「それしかねえなら……おれがやる」

両の拳を、ぎゅっと握りしめた。

「それしか民を止められねえなら、おれが民をあの世へ送る」

「てめえの力じゃ、てんで歯が立たねえ。何より力なぞ、まるきり残ってねえじゃねえか」

黒鬼が、小馬鹿にしたように笑い、だが、ふいに真顔になって下を覗いた。

「おい、あいつ、何をするつもりだ？」

目を離していたほんのわずかな隙に、民の興味は、朽ちた刀から傍らに立つ店先の行灯《あんどん》に移っていた。櫓《やぐら》型の行灯は、上下二段になっていて、上段では火が燃えている。民は下段についた蓋《ふた》を開き、中から何かをつかみ出した。

「あれは……」民の手許に目を凝らしていた黒鬼が、ぎょっとなった。「油壺《あぶらつぼ》だ！」

叫んだときには、もう遅かった。民は手の中の油壺を、店の入口に向かって投げつけた。軒下《のき》に当たった壺が、派手な音を立てて砕け散り、中の油がべったりと暖簾《のれん》を濡らす。民はためらいなく、行灯の上段にあった火皿を暖簾に近づけた。

「よせ、民！」

小鬼の声より早く、闇に赤い花が炸裂《さくれつ》したように、ぱっと暖簾が燃え上がった。民はふらふらと後退り、暖簾から軒や障子戸へ、舐《な》めるように広がる火をぼんやりとながめている。

「火事や！　早う火を消し！」

「誰か、水持ってきい！　天水はあっちや！」

たちまち周囲から声がとび交い、色街の者たちが右往左往しはじめた。しかし火の回りは、人々の予想をはるかに超えていた。火元となった店からその隣へ、さらにそこから向かいへと、風に煽られた布のように炎は縦横に伸び、高く舞い上がる火の粉が、さらにその威力《いりょく》を遠くへととばす。

「民……何てことを……」

炎はすでに、鬼たちのいる屋根にも伝っている。茫然と呟《つぶや》いた小鬼を抱え、黒鬼は二階の屋根から、高い椎《しい》の木の梢《こずえ》へととび移った。

「風神が、存分に暴れてやがる。もう消しようがねえ」

さっき頼んだ天を、黒鬼が怨《うら》めしそうに見上げる。

「この火がどれだけ広がるか、どれだけの者が焼け死ぬか……どのみちあの娘の地獄行きは免れねえ……おれたちが砂と化すのも、これで決まりだ」

諦《あきら》めた黒鬼が、気が抜けたように太い椎の枝に尻を落とした。

「そんなこと、させねえ……民を地獄になぞ、行かせるものか」

「おれたちだって、火には勝てねえ……おいっ、待てっ！」

黒鬼の声をふり切って、小鬼は椎の枝からとび下りた。

火はすでに、色街中に燃え広がろうとしている。遊女も客も、さっきまで死闘を繰り広げていた侍たちすらも、炎に押されるようにして逃げまどう。

辺りにはもうもうと煙が立ち込めて、一寸先も見えぬほどだ。

茶屋や妓楼《ぎろう》の隙間を埋めるように、建物のあいだで木々が枝を伸ばしている。初夏を迎えたばかりのよく繁った緑の葉叢《はむら》も、いまは煙にいぶされて苦しそうに喘《あえ》いでいた。

小鬼は椎の木の根方に下りると、その幹を抱くようにして額をつけた。

「頼むから、おまえたちの力を貸してくれ」

小鬼は、腹に、ふん、と力をこめた。赤いからだがさらに朱を帯び、長い緑の髪が、ゆらゆらと逆立ちはじめる。椎の梢が、風の向きに逆らってざわざわと鳴りはじめ、天辺にいた黒鬼が、あわてて下を見遣った。

「あいつ……まさか……」

煙のために、地上にいる小鬼の姿は見えない。だが、色街に立つ木という木が、椎の梢に倣《なら》うようにして、次々と大きくざわめきはじめた。

「よせ！　そんなからだで術を使えば、死ぬぞ！」

黒鬼の制止を破るように、地鳴りのような声が響いた。

「うおおおおお――――――っ！」

その波動にとばされて、黒鬼のからだが上空に投げ出される。

とばされたのは、黒鬼ばかりではなかった。逃げ遅れた人々も、犬も猫も、鳥も蛙も、蟻《あり》一匹に至るまで、まるで竜巻に呑み込まれるがごとく、煙に覆われた一帯からはじきとばされる。

それを待っていたように、身を揺らしていた木々の梢が、いっせいに枝葉を伸ばした。四方八方から腕を伸ばす枝が互いに絡まり合い、小鬼の頭上で弧を描きながら、さらに向こう側へと伸びていく。

枝ばかりでなく、地面が波打つように揺れ、道からも家の床下からも、太い木の根がぼこりぼこりと顔を出す。通りに並ぶ店々が、大波のようにうねる根に耐えかねて、火を巻き込みながら崩れ落ちる。根はさらに鞭《むち》のようにしなりながら上を目指し、下りてきた枝と身を絡ませ合って垣根《かきね》をなした。

葉のざわめきが、また一段と大きくなる。狂ったように繁りを増して、枝と根が編んだ籠《かご》の目を埋めていく。木の根方に生えた雑草までが、鞭《むち》のようにしなりながら長く伸び、わずかな隙間さえ塞いでいく。

まるで蓋をかぶせたように、巨大な緑の籠は、色街をすっぽりと覆い隠した。

からだが溶け出しそうな熱さだ。ひどい煙で目もあけられず、小鬼は盛んに咳《せ》き込んだ。

火でいぶされた蒸し窯《がま》の中で、小鬼は倒れそうなからだを懸命《けんめい》に支えていた。

「これで民は、助かるかもしれねえ」

呟いたとたん、息がふっと楽になった。いままで苦しめられていた熱も煙も気にならなくなって、そのかわりからだが流れていきそうな頼りなさに襲われた。

「おれもここまでか……けど、いままでよくもった」

民を追って時を経るごとに、過去見の術を使うたびに、己の命が削られていく。小鬼もそれをからだで感じていた。残ったわずかな力では、とても火を収めることなぞできなかった。小鬼の最後の願いをきき入れて、木や草が力を貸してくれたのだ。

「すまねえな、みんな……おれのわがままにつき合わせちまって……」

火で焼かれ煙にいぶされた幹は、真っ黒な炭と化していた。どんな姿でも、木に囲まれていれば気持ちが安らぐ。ふうっと心地のよい眠気がやってきて、膝がかくりと崩れた。

頭から地面に突っ伏しそうになって、初めて目の前に誰かいることに気がついた。

「何故、コンナ真似ヲスル」

己の前に、民が跪《ひざまず》いていた。その声は、民ではなく人鬼のものだ。けれど小鬼には、民以外の何者でもない。ゆっくりと両手を伸ばし、その首にまわした。

「民……ずっとずっと、会いたかった」

力いっぱい抱きしめたいのに、それ以上力が入らない。

「何故、鬼ガ、我ノ邪魔ヲスル」

「邪魔なぞしてね。おれはただ、民に笑ってほしかっただけだ。千年前に会ったときと同じに、おれの背に乗せて、また一緒に旅をしたかった……それだけだ」

「千年……」人鬼の声が呟いた。

「けど、それももう果たせねえ……ごめんな、民……」

そのまま闇に呑み込まれそうになったとき、小鬼の耳元で、何かが割れるかすかな音がした。傷ひとつない氷に、蜘蛛《くも》の巣に似たきれいなひびを入れたような、透明な音だ。次いでもう一度同じ音がして、小鬼の肩にぱらぱらと、小石のようなものがふってきた。

何だろうと思いながらも、顔を上げて確かめることすらできない。

しかし小さな声が、小鬼の意識を引き戻した。

「こ……おに？」

ぱち、と小鬼は目をしばたたいた。腕をゆるめて、そろりと身を起こす。

死ぬ間際の、幻かもしれない。だが、うつろに開かれていた民の目には、しっかりと小鬼が映っている。額の角は根元から折れて、くだいた白い飴《あめ》のように地面に散らばっていた。

目の前にあるのは、千年前とひとつも変わらない民の姿だった。

「民……民だ……」

「小鬼、小鬼、また会えた」と、赤いからだにしがみつく。

懐かしい重みと温もりに、小鬼の胸がいっぱいになる。

「民、おれがわかるのか？」

「うん、小鬼と一緒に旅をした。弟を探して……あれ、弟？　姉ちゃん、じゃなくて？」

現世と昔の記憶が、混在しているようだ。それより先は、思い出さない方がいい。

民の口を封じるように、小鬼は最後の力をふり絞って、もう一度しっかりと抱きしめた。

角が折れたのは、呪縛《じゅばく》から解き放たれたその証《あか》しだ。千年のあいだとりついていた鬼の芽は枯れた。

「民、今度こそ生まれ変わって、幸せになれ」

ただそれだけを願って、民の肩に顔を埋める。

「小鬼は? 小鬼も一緒か?」

「おれは……ちっと……無理、みてえだ……」

「嫌だ、小鬼と一緒でなければ」

「民……民と会えて、嬉しかった」

悲しい声をさえぎって、心をこめて小鬼は告げた。

「千年のあいだ、民と離れずに済んだ。おれは、それだけで充分《じゅうぶん》……」

声が途切れ、民を抱いていた温かなものが、ふいに形を失った。

小鬼のからだは赤い砂と化し、崩れ落ちた。

支えをなくした民が、赤い砂を抱きしめようとするように、前のめりに倒れた。

黒焦《くろこ》げになりながら、それまで懸命に堪《こら》えていた巨大な籠《かご》が、どうっと音を立てて焼けた街を押しつぶした。

＊

——小鬼、小鬼……。

誰かが小鬼を呼んでいる。民の声かと思えたが、鈴のようなやさしい音色は、それとは違う。

——天女さま。

呟いたつもりが声は出ず、目もあけられないから真っ暗なままだ。それでも天女の声は、今度ははっきりと届いた。

「小鬼、千年のあいだ、よくやり果せましたね。おまえのおかげで鬼の芽は枯れ、娘も地獄に落ちずにすみました」

——そうか、民は助かったのか。

心の底からほっとした。他に望むものは何もない。

その思いを引き止めるように、天女は言った。

「約束どおり、褒美をあげましょう。おまえの望んだとおりの褒美を」

ことばは流れてくるが、もう意味すらよくわからない。すうっといっとき意識が遠のいて、気がつくと小鬼は、あたたかな繭《まゆ》の中にいた。

でも、繭とは少し違う。あたたかいけど湿っていて、真っ暗で少うし生臭い。

──ああ、そうか。硲《はざま》にあったあの洞《ほら》だ。

民と一緒に逃げ込んだ洞と、同じ感触がした。あのときは耐えがたいにおいに思えたが、いまはそれが気にならない。

山の炭焼き小屋に据えられた水車のように、ことん、ことん、と音がする。からだを包むとろりとした水を伝わって、心地好くからだに響く。手足を縮め、まあるくなって、小鬼はその音をききながらまどろんでいた。

ふいに、そのまどろみが破られた。

まるで無理やり引きずり出されるようにして、いきなり光の中に投げ込まれる。まぶしくて目があけられず、その上、寒くてたまらない。

ひどく慌てたようすの女たちの声が、頭の上で交わされるが、話はききとれない。

何も悪いことをしてないのに、何故だか尻を何度もたたかれた。痛くて文句を言いたいのに、もう口を開くことすらできない。

──そうか、これが、夢ってやつか。

鬼は夢を見ない。それでもいまは、夢が何かを知っているし、どんなものなのかも想像できた。

千年のあいだずっと、人と関わってきたからだ。

どうして民が人鬼になるほど苦しんだのか、千年前は、それすら理解できなかった。けれど、あれからずっと、民の生まれ変わりを追って、その姿を通して小鬼は人間を見てきた。くり返しくり返し、人の営みを、喜びを、苦難を、慟哭《どうこく》を。

鬼である身には、すべてを人と同じに感じることはできない。それでも小鬼は精一杯、民の心に寄り添おうと努めた。民が最後に正気をとり戻したのは、その気持ちにこたえてくれたためかもしれない。

ゆっくりとからだが冷たく重くなり、意識も一緒に底に沈む。暗い闇の中に落ちていきそうになったとき、その声がふいにとび込んできた。

「坊や、坊や、目をあけて。後生だから、母さんを見ておくれ」

――おかあ？　おれの、おかあか？

あたたかな腕に抱きとられ、しきりにからだを揺さぶられる。母だと言ってくれる人を、ひと目見たい。その一心で、小鬼は懸命にまぶたに力をこめた。うっすらと光がさして、ぼんやりとした視界に女の顔があった。額に汗の玉を浮かべ、ひどく疲れているようすなのに、心配そうにこちらを覗き込んでいる。

「乳を含めば、この子は、きっと助かります」

誰か別の者に言って、片方の袖を落とすようにして、着物の前をくつろげる。白くてまあるい、鏡餅のような豊かな胸が現れた。

「さあ、坊や、たんとお飲み」

ずっと憧《あこが》れていた、母親のお乳だった。それがすぐ目の前にあるのに、どうしても届かない。

――ごめんな、おかあ……それでも、おれは……おかあに会えて、嬉しかった……。

小鬼の意識は、その赤黒くしぼんだようなからだを離れて、霧のように辺りに散って消えた。

＊

「……これだけかよ」

黒鬼が、ぎっと奥歯を嚙みしめる。

「ええ、これだけです」と、天女がこたえる。

漆黒の闇に、丸く開いた空間の前に、ふたりは立っていた。

「小鬼の命は、すでに尽きていました。これが精一杯だったのです」

赤い砂と化したからだのまわりにただよっていた気を集め、天女はそれを、すでに腹の中で息絶えていた赤子の中に流し込んだ。

小鬼への、せめてもの手向けだった。

だが、黒鬼は、ふん、と鼻で吐き捨てた。

「仮にも褒美なら、せめて一生を全うさせてもよかろうが。たかだか数十年の命だ。天界のもんならそれくらい……」

「できないのですよ」

きっぱりとした声が、黒鬼をさえぎった。

「たとえ天さえも、生命《いのち》だけは動かしようがないのです。弱い虫のような、たった一夜きりの命ですらも、時の中にある限り、我らは手出しできぬのですよ」

「てめえらも、案外つまらねえな」

手にした錫杖を鳴らしながら、その場にあぐらをかいた。大きなガラスの丸窓から雪原をながめるように、白い光は何も映していない。

「そうかも、しれませんね」

こたえたときには、天女の姿はすでになかった。

黒い鬼だけが、何もない空間に、いつまでも目を据えていた。

＊＊＊

忙しく行き交う金蚉《かなぶん》の行列の隙間に、黒い蟻が群れる。

高い塔の天辺から、黒鬼は下界を見下ろしていた。

銀色の塔から見える空は、ぼんやりと薄まった水の色をなし、長槍のような箱が何十も、その空を突き破らんとするようにそそり立っていた。

「あれから、百五十年か。わずかのあいだに、ずいぶんと様変わりしちまったな」

ひとり言《ご》ちたとき、ぱっと金色の光が輝き、辺りが良い匂いに包まれた。

「このような所に呼び出して、いったい何の用です」

咎《とが》めるような調子だが、顔にはきれいな微笑を浮かべている。羽衣《はごろも》に身を包んだ天女は、黒鬼の前にふわりと舞い下りた。

「肝心なことを忘れていたと、ひょいと思い出してな。おれはまだ、褒美をもらっちゃいねえんだぜ」

好色そうな視線が、薄衣の上を這《は》いまわる。

「まさか約束を、反故《ほご》にするつもりじゃねえだろうな」

「私がおまえのものになるという約束でしたね。覚えていますよ」

「それならさっそく……」

伸ばされた黒い手から、天女がひらりと身をかわす。

「往生際が悪いな」

「おまえのものになるとは言いましたが、いつとは約定していませんよ」

「何だと」

「決めるのは、私です」

天女はふっと笑みを深め、してやられたと、黒鬼が地団太を踏む。

「ちっ、せっかくデートと洒落込《しゃれこ》むつもりが、とんだ見当違いだ。デートってのは、逢引《あいびき》のこってな」

「おまえたちは人と馴染みが深い分、色々とよけいなことを覚えてしまうようですね」

「そこがあんたら天上人とは、違うところだ」

黒鬼は、眼下に広がる街並に目をやった。

「おれたちは下界で、生き物の営みを見聞きする。おかげで退屈知らずだし、殊に人は面白え。次に何をするか、まるきりわからねえからな」

「これは異なことを」

と、天女がきき咎《とが》める。

「おまえたちの仲間は、人のためにずいぶんと数を減らしたのでしょう？……あの小鬼のいた山も、いまは見るかげもない姿だとか」

山を失っては、小鬼は生きられない。遅かれ早かれ尽きる命だったかと、皮肉な運命《さだめ》に黒鬼の表情がかすかに曇った。

「おまえたち鬼は、自ずと然るべきもの」

天女が、厳かに告げた。

「尊《とうと》い恵みを与え、一方で大いなる禍《わざわい》も起こす。だからこそ人は、おまえたちを鬼と呼んで恐れた」

「恵みも禍も、命じているのはてめえら天上人じゃねえか。おれたちばかりが人に恨まれたんじゃ、割に合わねえ」

「おまえたち鬼こそ、さぞや人を憎んでいるものと思うていましたが……どうやら違うようですね」

ひどく複雑な色合いのため息を、黒鬼は吐き出した。

「たしかにな。おれたちは人のために、散々な目に遭わされた。正直なところ、人ってのは、この上なく厄介で憎たらしい」

黒鬼は、右往左往する蟻のごとく見える人群れを見下ろした。しかし口とは裏腹に、その瞳は親しげで穏やかだった。

「だが、そう思うってことは、それだけ近しい者なんだろう。いくら嫌っていても、滅んでいいとは思わない。憎む相手すらいないのは、ずいぶんとつまらないだろうからな」

天女は不思議なものを見るような目で、しばしその横顔をながめていたが、下から吹き上げる濁った大気に顔をしかめた。このような場所に長居は好まないのだろう、帰る素振りを見せた。

「待ってくれ。もうひとつ、ききてえことがある」

「何です？」

「あの娘……民が、どうしたかと思ってな」

天女の目が、かすかに広がった。

「地獄には落ちなかったときいている。なにせ千年も厄介をかけられたんだ。何かに生まれ変わったとしたら、いっぺんくれえ面を拝んでおいても罰は当たらねえ」

「そうですか」

天女は少しのあいだ考える顔をして、そして言った。

「いいでしょう。あの娘のところに、案内します」

言い終わらぬうちに、天女の背後から強い光が放たれた。黒鬼がまぶしさに目を閉じる。

「着きましたよ。あの子は、ここにいます」

「ここは……」

黒鬼がまぶたを上げ、辺《あた》りを窺《うかが》った。白い霧が立ち込めて、視界はぼんやりと煙っている。

「硲《はざま》じゃねえか」

黒鬼が、とまどった声をあげた。

天界と下界のあいだに、硲はある。すべての命が硲を通り、下界へと送られて、命を終えるとまた硲へと帰ってくる。くり返しくり返し輪廻《りんね》は巡るが、同じ生も同じ命も、ただのひとつもない。

一生とは、かけがえのないただ一度きりの命のことだ。

「どういうことだ？」

民もまた、いくつかの生を終えて、いまはここにいるのかと、黒鬼はたずねた。だが天女は、いいえ、と首を横にふった。

「あれからずっと、あの子はここにいるのです……百五十年のあいだ、ずっと……」

「あのとき死んで、未《いま》だにここに留まっているってのか？」

「ええ」

「いったい、どうして！」

知らず知らず、黒鬼の声が尖《とが》る。

民がまた新しい命を得て、つつがなくその生を全うする。それが小鬼の、たったひとつの願いだった。せめてそのくらいは、叶えてやってもいいはずだ。しかし天女は、事もなげに言った。

「あの子が、それを望んだのです」

黒鬼の瞳が、不信の色を濃くする。羽衣の裾《すそ》をふわりと揺らし、天女が向きを変えた。

「こちらへ。あの子は峪の外れにいます」

「峪の外れって、まさか……」

天女はこたえず、黙って先へ行く。黒鬼はその後をついて行った。

やがて少しずつ、足が重くなってきた。天女の足は地から浮いていて、足を動かすことなくすべるように進むが、その後ろを歩く黒鬼は、踏む端から足許が崩れるようで、しだいに難儀になってくる。乳色の霧のために辺りの景色は変わらないが、地面はいつのまにか、黄色い砂ばかりになっていた。黒鬼の息がわずかに上がってきた頃、天女は進みを止めた。

「ここに、来たことは？」

「いや……だが、察しはつく」

黒鬼はひざまずいて、足許の砂をひとつかみすくった。遠目には黄色なのに、よく見るとさまざまな色が混じっている。青、白、緑、褐色に黒、赤い砂粒も中にあった。指を開くと、砂は頼りなく手からこぼれ落ちる。

「それにしても、こんなに寂しい場所だったとはな」

立ち上がった黒鬼が、切ない顔をした。霧のために遠くまで見通せないが、どこまでも果てのない砂の広野だった。

風も吹かず、音もない。霧に抱かれた砂は、ゆったりとまどろんでいるようにも見えるが、黒鬼にはただ、無に等しい世界に思われた。

「これが……鬼の墓場か」

己の発した声すら、霧と砂に吸い込まれて消えてしまいそうだ。生の営みの絶えた世界は、ただ虚しいばかりだった。

「あいつもここに眠ってるのか……この砂粒の中にいたとしても、おれにはわからねえが」

黒鬼が、手の平に貼り着いた砂粒をながめる。

「あの娘には、わかるようですよ」

天女は優雅なしぐさで、片手をすいと上げた。白い指のその先の霧が、風に流れるように薄まっていく。

やがて砂の地面に蹲《うずくま》る、小さな影が見えた。

「あれは……民か？」

「ええ、小鬼と出会った、民という七歳の娘の姿のままです。最後に硲に送られてきたときに、あの娘がそう望みましたから」

最後とは、小鬼が死んだあのときだと、天女は言った。

「本当に……あれからずっと、ここにいるというのか」

民はこちらを向いているが、ふたりには気づかぬようだ。這《は》いつくばるようにして、一心に砂をかき分けている。

「いったい、何をしているんだ？」

「小鬼のからだを、集めているのです」

「馬鹿な！」

黒鬼が一瞬、口をあいて固まった。

「……それは、罰なのか？」

やがて絞り出すように、かすれた声が喉《のど》から漏《も》れた。

「いいえ、あの娘が強く、それを望んだのです」

小鬼をふたたび生き返らせる術はないのか。民はそうたずね、天上人は否とこたえた。小鬼のからだは砂と化し、この鬼の墓場にうずもれた。

もしも小鬼のからだの欠片《かけら》をすべて集めることができれば叶うかもしれないが、たとえ天上人ですら、そのような真似はできない。

だが、民は、やらせて欲しいと乞《こ》うた。

「この膨大《ぼうだい》な砂粒から、あいつのからだを探し出すだと？　そんなことできるはずが……」

「ですが、不思議なことに、あの娘にはわかるようです」

民が小さな手で砂をすくい、盆の上で広げた。赤い砂粒だけを、ていねいにより分けているようだが、赤い欠片となった鬼は、民の探す小鬼だけではない。見つからなかったらしく、民は盆の上の砂をまた地に返したが、がっかりしたようすも疲れた顔も見せず、すぐに次の一握にとりかかる。

「果てしなく、無駄なあがきを続けるようなものだ。これじゃ、地獄と変わらねえ」

「そんなことはありません。地獄とはどういうところか、おまえは知っていますか？」

「……血の池とか、針山とか。釜茹《かまゆで》もあったな」

黒鬼が指を折ると、美しい面立ちが初めてほころんだ。その手の話は、すべて人の作った、おとぎ話に過ぎないと笑う。

「地獄とは、希望《のぞみ》の絶えた世界です。希望のないまま無為に時を過ごす。それこそが地獄というものなのです」

たとえ針山を登っていても、いつかは頂に辿《たど》り着き、この責め苦から解放される。その望みさえあれば、どんな艱難辛苦《かんなんしんく》があろうとも、地獄にはなり得ない。逆に天国と見紛うような場所であろうと、胸に絶望しかなければ、やはりそこは地獄に等しい。知恵を得た人に限ったことではなく、どのような命にも当てはまる、生命の理《ことわり》であった。

「ごらんなさい、あの娘の顔を」

天女がふたたび、民を示した。民は飽きもせず砂粒をより分けていたが、その手が、ふと止まった。盆の上から、ひと粒の砂をつまみ上げ、目の前にかざす。

そうして、こぼれんばかりの笑顔になった。

たったひと粒の赤い砂を、大事そうに手の中に包み込み、胸に抱きしめる。

「……あいつを、見つけたってのか」

民は手の中の砂粒を、傍らの袋の中に大切にしまい込んだ。袋はちょうど猫一匹が入っているくらい、こんもりとふくらんでいる。

「この百五十年で、腕一本分くらいにはなりましょう。千年続ければ、小鬼のからだの欠片を、すべて集めることができるかもしれません」

「きいてるだけで、気が遠くなる……千年もこんな真似を続けるなんて」

黒鬼が、呆れと感心のない交《ま》ぜになった、太いため息を吐いた。

「できますよ、きっと……あの娘には希望があるのですから」

かつて小鬼が望んだように、民もただ、小鬼にふたたび会える日を待ち望んでいる。

欠片ひと粒分、その時が近づいて、民はこの上なく幸せそうに見えた。

「そうだな、おれたち鬼には千年なんて、いっときの夢と同じだ」

黒鬼が、ふっと笑った。

「千年経ったら、またあの餓鬼に会えるかもしれねえ。おれも気長に待つとするか」

黒鬼は言って、くるりと踵《きびす》を返した。ざくざくと同朋《どうほう》の残骸《ざんがい》を踏みつけて去っていく。

そこだけ薄らいでいた乳色の霧が、また深く立ち込めて、民の姿を覆い隠した。

本書は2012年6月徳間書店より刊行されたものに、
加筆修正をいたしました。

徳間文庫

千《せん》年《ねん》鬼《き》

2015年8月15日 初刷
2024年9月20日 12刷

著者 西《さい》條《じょう》奈《な》加《か》
発行者 小宮英行
発行所 株式会社徳間書店
東京都品川区上大崎三－一－一
目黒セントラルスクエア 〒141－8202
電話 編集〇三(五四〇三)四三四九
販売〇四九(二九三)五五二一
振替 〇〇一四〇－〇－四四三九二
印刷
製本 株式会社広済堂ネクスト

ISBN978-4-19-893995-3 (乱丁、落丁本はお取りかえいたします)